吐息雪色

綾崎 隼
Syun Ayasaki

イラストレーション／ワカマツカオリ

登場人物

結城 佳帆 (ゆうき・かほ) ……… 主人公

結城 真奈 (ゆうき・まな) ……… 佳帆の妹

長嶺 凛 (ながみね・りん) ……… 佳帆の友

舞原 葵依 (まいばら・あおい) ……… 図書館館長

楠木 風夏 (くすのき・ふうか) ……… 図書館職員

逢坂 星乃叶 (あいざか・ほのか) ……… 図書館職員

舞原 雪蛍 (まいばら・ゆきほ) ……… 葵依の親族

第一話
雪月風花

1

昼から零《こぼ》れ落ちた吐息を拾い集めて。

一つに束ねたら、あなたの形になれば良いのに。


妹に挨拶《あいさつ》を届けて玄関を出ると、気持ちの良い蒼空《あおぞら》が広がっていた。

「真奈《まな》。図書館に行ってくるね」

アパートの階段を降りたところで、バッグの中に返却予定の本が入っているか確認する。これを忘れてしまったら本末転倒だ。

自転車に乗り、穏やかな春風を受けながら、目的地へと向かう。

道中、大通りが交錯する一角に、色とりどりの花が供えられていた。

自転車から降り、雨露に濡《ぬ》れた花々を愛《め》でる。紫色のアイリスと桃色のゼラニウム。ゼラニウムの方は忘れてしまったが、アイリスの花言葉は『恋のメッセージ』だ。確かギリシャ神話に由来していたと記憶している。

私は高校生の時、お花屋さんでアルバイトをしたことがあり、その際、お客さんとの会話を増やすために必死で花言葉を覚えた。最近では思い出す機会も減ってしまったけど、せっかく図書館に向かうのだし、一冊借りて覚え直してみるのも悪くないかもしれない。

立ち寄ったパン屋さんで、昼食にクロックムッシュとカフェラテを購入し、目的地付近の公園のベンチに腰を下ろした。

風に舞い上がるシャボン玉を、小学生にもなっていないだろう女の子が二人で追いかけている。五月晴れ《さつきば》の陽光の下、楽しそうな子どもたちの笑い声が混ざり合う。

あの二人は姉妹だろうか。

その向こうでシャボン玉を飛ばしているのは、彼女たちのお母さん？

小さい方の女の子が転んでしまい、もう一人が慌てて駆け寄った。

「大丈夫？　泣かないで」

気持ちのこもったお姉ちゃんの声が鼓膜に届く。私はもう二十八歳だけど、未婚だし、お母さんより子どもたちの方に感情移入してしまう。頑張れ、お姉ちゃん。そんな風に思ってしまうのは、私も姉だからだろうか。妹の頭を撫《な》でるお姉ちゃんに温かな気持ちをもらい、膝《ひざ》に抱えていたバッグを手に取ると、図書館へと向かった。

会社の同期に渡された本は、今日が返却期限。彼女は先週、中国への短期出張が急に決まり、私に手を合わせると本を託して行ってしまった。

二年前に建てられたばかりだという『舞原《まいばら》私立図書館』、都内でも指折りの大きな図書館が近所にあることは知っていたけど、訪問するのは初めてのことだ。

広々としたエントランスには、カフェが併設されている。図書も充実していると評判だし、これなら一日中楽しむことが出来そうだ。平日の午後二時だというのに、館内は利用客で溢《あふ》れている。学生服やスーツ姿も多い。

入り口付近には館内情報が掲示されていて、目をやると、起業・経営相談会、子ども読書会、企画展示・昭和回顧展、様々な催しものが告知されていた。

図書館が起業や経営の相談にまでのってくれるなんて知らなかった。職員の制服も素敵だし、司書といえばエプロン姿というイメージだったが、これも時代の移り変わりなんだろうか。

頼まれた本を返却した後、せっかく館内に足を踏み入れたのだし、少しだけ散策してみることにした。

考えてみれば、昔はずっと図書館にお世話になっていたのに、もう随分とご無沙汰《ぶさた》だった。文庫本はともかく、値段的にも単行本は敷居が高い。新作を読みたいなら、どうしても図書館に頼ることになってしまう。

そうか。日々を仕事に忙殺され、私はいつの間にか読書からも離れてしまっていたのだ。こうして図書館に足を踏み入れたのも何かの縁だろう。花言葉を覚え直そうと思いついたばかりでもあるし、貸し出しカードを作って何冊か借りていこう。そんなことを思いながら書架の間を歩いていたら……。

ガラス張りの向こう、手入れの行き届いた中庭で、咲き誇る薔薇《ばら》に如雨露《じょうろ》から水をやる男性が目に入った。明るい午後の日差しが、彼の斜め後ろから差し込んでいる。

横顔では表情もよく分からないけど、とても背が高く、社会人にしては髪も長い。酷《ひど》く瘦《や》せているせいだろうか。如雨露を持つ細い指や、骨ばった手首に妙な色気を覚えてしまった。

そして、館内側の花々に水をやるために彼がこちらを向き……。

私は生まれて初めて、自分の心臓の鼓動を聴いた。

心の奥の柔らかい場所を握り締められ、彼に釘付《くぎづ》けになってしまう。

やばい。持っていかれる。

私より少し年上だろうか。風にそよぐ綺麗《きれい》な髪の下に、シャープな眼鏡《めがね》が覗《のぞ》き、その奥に物憂げな双眸《そうぼう》を湛《たた》えている。世俗を拒絶せんばかりの艶《つや》っぽさを持つ、美しい顔立ちの冷たい目をした男。

気付けば、彼から目が離せなくなっていた。

どれくらいの間、陽光の下の彼に見惚《みと》れていただろう。やがて、水遣《みずや》りを終えた彼が中庭の奥へと消え、ようやく身体に自由が舞い戻る。

その人を見ただけで衝撃が走るなんて、初めての体験だった。私は一目《ひとめ》惚《ぼ》れをしたことがないし、惚れっぽい女だとも思わない。だけど、彼を見た瞬間、様々な想《おも》いが去来したこの胸は、平生では考えられないほどに早鐘を打った。

彼の人間性どころか、名前も知らないのに。

言葉に出来ない様々な感情と共に、彼に囚《とら》われてしまった。

時の流れと共に、弛緩《しかん》したような心が、ゆっくりと弾力を取り戻していく。

この図書館の職員は全員制服を着用しているが、彼はワイシャツ姿だった。ネックストラップを提《さ》げていたようだけど、一体、何者なんだろう。司書さんではないのだろうか。

この世界に運命の出会いなんてものがあるとは思わないけど、そういう都合の良い幻想までもが頭を巡り、なかなか現実に戻れなかった。


それでも、いつまでも立ち尽くしているわけにもいかない。

小さく痛む胸に手を当てて、ぼんやりと歩いていたら、蔵書検索用の端末が目に入った。思い出す。予期せぬ出会いに、思考が停止させられてしまったけど、花言葉にまつわる本を借りたくて、書架の間を歩き回っていたのだ。

検索用端末の前では、老婦人がタッチパネルの操作に四苦八苦している。職員でもないのに協力を申し出るのは僭越《せんえつ》だろうか。

後ろに並び、彼女の背中を見つめていたら、

「お客様。お困りですか？」

一人の妙齢の女性司書さんがやってきた。そして、彼女を見た私は、再度、言葉をなくす。この図書館は一体どうなっているんだろう……。

眼鏡を掛けていた彼を見た時にも思ったことだが、その女性の司書さんもまた、思わず見惚れてしまうほどに美しい女性だったのだ。

陽《ひ》の光に透けるほどの白い肌、艶やかな漆黒の長い髪、折れてしまいそうな華奢《きゃしゃ》な体軀《たいく》は息を飲むほどに儚《はかな》く、まるで妖精《ようせい》のようだった。

しかし、続けて起こった事態が、私を現実へと引き戻す。妖精のような司書さんが、検索端末を操作しながら慌て始めたのだ。

「あれ？　えーと。……おかしいな。あれ？」

検索システムは利用者も触るものだし、シンプルな操作性であるに違いない。だが、焦っているのか、それとも混乱しているのか、司書さんは今にも泣きそうな表情を浮かべていた。

「失礼します」

困り果てる彼女が可哀想《かわいそう》で、助け船を出すことにした。

老婦人の持っていたメモを見てタイトルを確認し、蔵書の検索をかけてみる。幾つかの操作を経て目的の書籍がヒットし、資料情報を印刷して彼女に手渡した。

感謝の言葉を残して老婦人が去り、妖精みたいな司書さんと、二人でその場に残される。両目に薄っすらと涙を浮かべる彼女は、何かに追い詰められているような、そんな引きつった眼差しを見せていた。

「……ありがとうございました」

緊張したような声と共に彼女は頭を下げ、その拍子に、抱えていた書籍が数冊床に落ちてしまった。慌てて私が拾うと、彼女は申し訳なさそうに苦笑いを浮かべる。

「すみません。あたし、ミスが多くて。沢山《たくさん》のことを一度に考えられないんです」

零れてきた言葉が痛い。あまりにも自信がなさそうにそんなことを言うものだから、こっちまで悲しくなってしまった。何とかフォローしてあげたくなる。

「きっと一つ一つのお仕事に丁寧に取り組まれているからですよ」

少しでも気持ちを楽にしてもらいたくて、言葉を慎重に選んだつもりだったのだが、彼女の憂鬱《ゆううつ》そうな顔は晴れなかった。

「利用者の皆さんにも迷惑をかけてばかりだし……」

どうして、そんなに自分を責めるのだろう。司書さんの姿が、妹と重なってしまった。不器用で、自信がなくて、でも、とても可愛《かわい》い最愛の妹、真奈。

私は多分、人に迷惑をかけられるのが嫌じゃないのだろう。

「お仕事に慣れるのに時間がかかるのは、皆、一緒ですよ」

彼女は二十歳を越えたぐらいの年齢に見える。まだ働き始めたばかりではないだろうか。落ち込むより先に、出来たことに自信を持てば良いと思う。

だが、彼女は残念そうに首を横に振った。

「一年前から働かせてもらっているので、本当はもうきちんと仕事を覚えてなくちゃいけないんです。でも、駄目なんですよね。あたしは人より劣っているから」

そんな風に簡単に自分を卑下してしまうところも、真奈に似ている気がした。根拠のない不安に怯《おび》えて、自己嫌悪に陥る。私の妹もそんな人間だ。

彼女が上品な会釈を残して去った後。

手元には拾った二冊の小説が残ってしまったのだが、改めて呼び止めるのも、余計に彼女の自信を喪失させてしまう気がして、結局その日、私はカードを作って、その本を借りることにしたのだった。

2

築三十年、二階建ての古びた木造アパート。

お風呂とトイレはあるけどクーラーはない。

私と妹が暮らすのは、八王子《はちおうじ》の一角にある、そんなボロアパートだ。

バタバタと玄関まで駆けてくる音が聞こえて。

「お姉ちゃん、お帰りー」

パンプスを脱ぐより早く、背中から真奈《まな》に抱きつかれた。

「お姉ちゃんの帰りが遅いと、寂しくて死んじゃうんだけど」

不満そうな声が背中から届く。

「ごめんね。はい。お土産《みやげ》」

鞄《かばん》の中から、借りてきたばかりの単行本を取り出して、真奈に手渡す。

「先に読んでも良い？」

真奈は満面の笑みで、首を傾《かし》げながら尋ねてくる。

「もちろん」

「ありがとー」

単行本を両手に抱えたまま、真奈は居間のソファーへとダイブした。

もうすぐ十七歳になるというのに、いつまでも真奈は子どもみたいだ。小動物系とでも言えば良いだろうか。小柄なのもあるけど、色んな仕草の一つ一つが愛らしい。

私はそんな妹のすべてを愛しているけど、二人きりの家族だからこそ心配になることもある。

真奈は昨年の春、入学して一ヶ月も経《た》たない内に高校を退学し、それ以来、全力で引きこもり中だ。私には感情を隠さずに甘えてくるし、ネットゲームを介して知り合いもいるようだから、そこまで深刻な心配はしていないのだが、学生を辞めたのなら、いつまでもこんなモラトリアムみたいな生活を続けさせるわけにもいかない。

大体、私は毎晩仕事で疲れて帰って来るのだから、夕食ぐらい真奈が作るべきなんじゃないだろうか。

「今日はハヤシライスが食べたいなー」

初めから手伝う気など皆無な妹である。

「たまには真奈が夕食を作って待っててくれても良いんだよ」

「私の作った料理なんて全然美味《おい》しくないじゃん。お姉ちゃんの方が上手《じょうず》なんだから、私が作るなんて有り得ないし」

根拠のない励ましは皮肉に聞こえることもあるだろう。真奈の言葉を否定はしないが、料理の腕なんて努力次第だとも思う。

「じゃあ、今度、お休みの日に一緒に作ってみる？　きっと、真奈だったらすぐに上達するよ？」

「えー」

渋るような顔で、真奈は私をじっと見つめてくる。

「お姉ちゃんの料理が食べられれば、それで良いよ。料理なんて出来るようにならなくても、ずっとお姉ちゃんと一緒に暮らすから心配いらないもん」

自立するつもりも、向上心も皆無なのか……。

このままで良いはずがない。甘やかし過ぎるのは良くないと分かっていながら、歳が離れているせいで、どうも昔から過保護になってしまう。


リクエストのハヤシライスを作り、食卓へ運ぶと、真奈はスプーンを片手に、座して待っていた。その脇《わき》には、今日借りてきた小説が開いた状態で置かれている。

「その本、面白い？」

真奈は破顔して頷《うなず》く。

「お姉ちゃんって、本を選ぶのが上手だよね」

どうやら十分に満足しているようだ。

「お腹減っちゃった。早く食べようよ」

待ちきれないのだろう。手を合わせた状態で、真奈は私が席に着くのを待っている。

「よし、じゃあ、食べよっか。頂きます」

私の言葉に唱和して、ハヤシライスを口に運ぶと、真奈は相好《そうごう》を崩した。美味しそうな真奈の顔は、作り手の私をいつだって幸福な気持ちにしてくれる。それは本当に感謝すべきことだ。

私と真奈は幼い頃《ころ》に両親を亡くしている。引き取ってくれる親族もおらず、学生時代はずっと児童養護施設にお世話になっていたのだが、私が働き始めてからは施設を出て二人で暮らしている。余裕のある生活とは言えないけれど、上を見ればキリがないし、愛する家族がいて、仕事もあって、私は普通の人生を歩んでいる。これを幸せと呼ばずして、何を幸せと呼ぶのだろう。

夕食を終え、私がお風呂場に入ると、真奈はいつも忍び足でやってくる。こんなボロアパートの狭いお風呂だ。湯船に二人で浸《つ》かると、身動きも出来なくなるほどだというのに、毎晩、懲りずに真奈は私と一緒にお風呂に入りたがる。

背中洗ってー。髪の毛洗ってー。

天真爛漫《らんまん》に甘えてくるのだが、その気持ちを理解してあげたいとも思う。真奈は日中、家で一人きりなのだ。オンライン上に仲間はいても、あくまでもバーチャルな世界の繋《つな》がりでしかない。

どんなにゲームが佳境に差し掛かっていても、私が帰宅した途端、真奈はコントローラーを放り出してベッタリとくっついてくる。

『マナさんがログアウトすると皆が死んじゃうんです！』

壮絶な悲鳴がパソコンに表示されるのを見たことも、一度や二度の話じゃないのだが、真奈はいつだって私との時を優先させようとする。

『誰《だれ》が死のうが知らん。弱い奴《やつ》は死ねば良い』

非情な言葉をチャットで告げて、真奈は迷いもなくゲームから離脱する。

バーチャルな世界での話とはいえ、あまりにも自由奔放な社交性に、妹の未来が不安でたまらない。

　今日も今日とて代わり映えのしない、少しだけ暑苦しい夜は更けてゆく。

「お姉ちゃんと一緒に寝るー」

　自分の布団を放棄し、真奈は隙《すき》を狙《ねら》って私の布団に滑り込んでくる。その早業たるや熟練の匠《たくみ》の技である。

五月にもなれば、密着して寝るのは暑苦しいが、真奈は私の背中にベッタリと張り付いたまま、大抵、私よりも先に気持ち良さそうに寝息を立て始める。

私の妹、結城真奈《ゆうきまな》は駄目人間だ。

引きこもりのニートで、社会性が欠落していて、本当にどうしようもないぐらい家のことも出来ないけど、とびきり可愛い、世界で一番大切な妹だった。

3

「また、図書館に行ってくるね」

挨拶だけを真奈《まな》に残し、家を出た。

すっきりと気持ち良く晴れた空の下、緑道の木漏れ日を浴びながら、自転車を走らせる。

大通りの交差点、路傍に供えられているのは真っ白い百合《ゆり》の花。

少しだけ立ち止まって季節の献花を愛でた後、再び、自転車を出発させる。

一週間前、私は私立図書館で、ある男の人に目を奪われた。

それが恋なのかは分からないけど、彼から目を離せなくなってしまい、もしかしたら運命の出会いかもしれないとさえ思ってしまった。

最近読んだ本によると、世界最小の鳥類であるハチドリの心臓は、一分間に千二百回の鼓動を打ち、最も巨大な生き物であるシロナガスクジラの心臓は、一分間に九回程度しか鼓動を打たないらしい。

大抵の哺《ほ》乳《にゅう》類《るい》は一生におよそ十億回の鼓動を打つという話だから、心拍数の少ない身体の大きな動物の方が長生きするのは当然だろう。でも、ドキドキし過ぎると早死にするのかな、なんてことを思って計算してみたら、私の寿命は大体二十年くらいになるはずだった。私は二十八歳だから、既に反証には成功している。つまり、こうして嘘《うそ》みたいに心臓が早鐘を打っていても、寿命を無駄に消費しているわけではないということだ。

名前すら知らない彼との接点なんて皆無だが、出来るならもう一度会ってみたい。

図書館に併設されたカフェの入り口には、ランチメニューが掲げられている。

たまには外食してみようかと逡巡《しゅんじゅん》していたら、店内から私を見つけて、手を振ってきた人がいた。先週会った妖精みたいな美人さんだった。

立ち去るのも何だか申し訳なくて、お店に足を踏み入れると、

「こんにちは。一緒に食べませんか？」

笑顔でランチに誘われてしまった。

私服姿に見えるけど、休憩中だろうか。四人掛けのテーブルに一人で着いている。

「じゃあ、ご一緒させて頂きます」

「あ。自己紹介してませんでしたね。あたし、逢坂星乃叶《あいざかほのか》です」

見た目が綺麗な人は、言動にも自然と品が付与されるのかもしれない。おっとりとしていても、彼女には何処《どこ》か育ちの良さのようなものを感じた。

「結城佳帆《ゆうきかほ》です。よろしくお願いします」

「可愛い名前ですね。佳帆さんって呼んでも良いですか？」

微笑《ほほえ》みと共に一つ頷き、彼女の向かいの座席に腰を掛けた。

メニューを手渡され、ランチメニューの冷製パスタを注文する。

「逢坂さんはお昼休みですか？」

「いいえ。あたし、アルバイトなんです。午前中はフリースクールっていうのに通って

て、いつも午後からお仕事なんですよ」

私立図書館だし、色々な雇用形態があっても不思議じゃないけど、彼女はアルバイトだったのか。でも、フリースクールってどういうことだろう。あれって不登校とか、そういう問題を抱えている子どもたちが通う学校じゃなかったっけ？　そんな理解は知識の乏しさに起因する偏見だろうか。言動だけ見れば、確かに逢坂さんは学生っぽいけど、外見は二十歳を越えているように見える。

せっかく職員の人と話せるチャンスだし、勇気を出して彼のことを聞いてみても良いだろうか。

「先週、中庭でお花に水遣りをしている方を見たんです。背が高くて制服を着ていなかったんですけど、私服の司書さんもいらっしゃるんですか？」

「制服を着ていなかったなら館長ですよ。眼鏡を掛けてませんでしたか？」

「あ、掛けてました。館長さんだったんですか」

「そうですよ。舞原葵依《まいばらあおい》さんっていうんです」

図書館と同じ舞原姓。だとすると、

「この図書館を作ったのも彼なんですか？」

「んーと、それは違います。図書館を建てたのは親戚《しんせき》で、館長は引きこもりだったから、無理やり責任者を任せられたんです」

次から次へと想定外の言葉が続けられ、脳の処理が追いつかなくなってきた気がする。この私立図書館は一体どうなっているんだろう。

「……引きこもりだったんですか？」

逢坂さんは楽しそうに頷く。

「今もその気《け》はありますよ。週に二、三回しか仕事に来ないですし」

非営利組織なんだろうけど、館長さんがそれで良いのかな。引きこもりなんて言われてしまうと、どうしても真奈を思い出してしまう。

「自由人なんですね」

「縛られ過ぎて逆に動けなくなったんじゃないのかなって、風夏《ふうか》さんは言ってました。あ、風夏さんというのはサービス課の課長さんです」

図書館にも課長とか、そういう役職があるのか。ちょっと意外だ。それに、縛られ過ぎて動けなくなってしまったって、どういう意味だろう。

「あの、随分と若く見えたんですけど、館長さんはお幾つなんですか？」

「三十三歳だったと思います」

それくらいかなとは思ってはいたけど……。

「もしかして、佳帆さん、館長のことが気になりますか？」

あまりにも立て続けに質問をしていたからだろう。微笑みと共に、核心を突かれてしまった。動揺は隠せないが、彼女の屈託のない笑顔を見ていると、そんなことすら馬鹿らしくなってくる。彼女は思いついたことをそのまま口にしただけで、多分、本当に他意なんてないのだろう。

「格好良い人ですよね」

「利用者さんにもファンは多いですよ。一緒に仕事をすると、印象変わっちゃうと思いますけど」

「そうなんですか？」

「忘れっぽいし、後片付けも出来ないし、何より仕事してくれないですから」

「それで館長なんですよね？」

「よく風夏さんに怒られてます。困ったような顔で謝ってる姿が可愛いんです」

話を聞いていると、ますます真奈に似ている気がしてくる。

「でも、ぶっきらぼうだから誤解されることもあるけど、本当は優しい人なんです。誰がどんなミスをしても絶対に怒らないし、いつも笑ってフォローしてくれます」

彼女の話を聞きながら、痛切に思う。

どうしよう。どんどん心が惹《ひ》かれてしまう。

彼と話をしてみたい。

どんな人なのか、もっと知りたい。


スタッフルームに向かった逢坂さんと別れ、館内に足を踏み入れた。

空調のよく効いた、静かで美しい図書館。

カウンターで小説の返却を済ませ、目ぼしい本を探して散策を試みることにする。

館長さんをまた見かけることが出来たら嬉《うれ》しいけど、欠勤が多いと妖精さんは言っていたし、過度の期待はやめておこう。

案内図を見るとAV資料も充実しているようだ。最近は忙し過ぎて映画も観ていない。場所は二階。先週は二階に上がらなかったし、覗いてみようか。

映像メディアが並ぶ視聴覚コーナーには、古い映画が年代別に所蔵されていた。

昔、よく真奈とオードリー・ヘップバーンを観たことを思い出す。懐かしくなってカウンターで視聴ブースの使用状況を確かめると、幸運にも一つだけ空《あ》いていた。

やることもない休日だし、せっかくだから観ていこう。何度観ても、面白い映画は面白い。『ローマの休日』を手に取り、番号札を渡されたブースに向かう。しかし、そこには先客がいた。

「館長さん……」

心臓が止まるかと思った。そこにいたのは、もう一度会ってみたいと切実に願っていた、舞原葵依さん。先週見かけた時と同様、制服は着用していない。

後ろ姿でも分かる綺麗な髪をかき上げて、リモコンを片手に彼が振り向く。

「ここを使うのか？」

「空いているようだったので……」

カウンターで渡された番号札を見せると、彼は溜息《ためいき》をついて立ち上がった。

私は女子としては高くも低くもない身長だけど、目の前に立たれてしまうと彼を見上げざるを得ない。百八十センチ以上はありそうだ。

「背が高いんですね」

「ほらよ。ブースの鍵《かぎ》だ」

私の言葉は華麗にスルーされ、キーホルダーの付いた鍵が投げられた。慌てて、それを受け取る。

この人、お客さんとタメ口で喋《しゃべ》るんだ……。

完全なる非常識なのに、違和感も嫌悪感も覚えないのは何故《なぜ》だろう。

「やることがねえから、暇なんだよな」

施設の責任者とは思えない台詞《せりふ》だったが、それならと思い、勇気を振り絞って尋ねてみる。

「あの、何を観てたんですか？　私も別にどうしても観たいわけではないので、館長さんが利用したいなら……」

「利用者を押しのけて使うわけにはいかねえだろ。常識で考えろ」

何で私が諭されてるんだろう。

彼が取り出したディスクに目をやると……。

「あ、『ティファニーで朝食を』」

手に持っていたメディアを胸元に掲げる。

「私も彼女の映画を観ようと思ってたんです」

「うちは視聴覚資料の品揃《しなぞろ》えが悪いからな。ホームページのメールフォームから、もっと最近の映画を入れろって苦情を投書しといてくれ。客の意見なら、少しは考慮されんだろ」

こうして間近で見ると、彼の指や手首は異様に骨ばっていて、酷く痩せていることが分かる。きちんと食事を取っているのだろうか。

「俺《おれ》がここでサボってたことは内緒にしとけよ」

ぶっきらぼうにそう告げて、館長さんはそのままブラブラと階段の方へ歩いて行ってしまった。妖精さんは彼のことを『縛られ過ぎて逆に動けなくなった』と言っていたけど、私には自由人にしか見えない。

彼が去った後のソファーに腰掛けてみる。珈琲《コーヒー》の匂《にお》いだろうか。残り香に包まれて、高鳴る胸の鼓動を感じながら、もっと彼のことを知りたいと思った。


彼は三十三歳、私より五歳年上だ。やっぱりこれって運命だよな……。

館長さんのことを思い出しては胸が熱くなり、持ってきた映画を再生出来なかった。

もう何年も恋愛なんてしていないし、これから先、誰かを好きになることなんて、ないんじゃないかとさえ思っていたのに、あっけなく心の扉は開かれた。

彼と出会ってしまった。

たったそれだけのことで心を揺らされた自分が、不思議でしょうがなかった。

4

帰宅すると、真奈《まな》がソファーの上に仰向《あおむ》けで寝転がっていた。身体中の力を抜き、すべてのやる気を放棄したかのような見事なまでのだらけっぷり。

「お姉ちゃん、お帰りー」

覚束無《おぼつかな》い口調で部屋に迎えられる。

「真奈、何処か具合でも悪いの？」

「ううん。ちょっと、ナマケモノの気持ちを理解しようかと思ってね」

何を言ってるんだろう。この妹は……。

いつまでも真奈にこんな生活を続けさせるわけにはいかない。寝たい時に寝て、起きたい時に起きて、やることがないからとまた眠りにつく。高校を退学してからの一年間、一度も外出していない文字通りの引きこもりである。

真奈はとにかく人見知りで、施設で暮らしていた時から、私なしではほかの人たちと、ほとんど会話が出来なかった。虚弱体質で喘息《ぜんそく》持ちだったこともあり、入院を余儀なくされたことも一度や二度ではない。

不可抗力の欠席が多いせいで、中学にも友達がいなかったようだし、ずっと不登校気味だった。勉強も得意ではないし、運動も苦手。鬱屈とした日々の中、「自分が一番嫌い」と、偏執的なまでに卑屈な思いを抱いているのが真奈だ。だけど、多分、真奈がこんな風になってしまった直接の原因は、きっと、あの事件にある。

それは真奈が中学二年生の時のことだった。

真奈は小さな頃からウサギが好きで、アパートでは動物を飼えないから、中学ではずっと飼育委員に所属していた。そして、ある日、不登校気味の真奈を心配していた担任から、ウサギの赤ちゃんが生まれたから学校においでよと電話がかかってきた。

赤ちゃんを見たかった真奈は、勇気を出して久しぶりに登校し、委員の特権で鍵を借りると、放課後、一人で飼育小屋を見に行ったらしい。生まれたばかりの可愛らしい赤ちゃんを思う存分に愛で、その日の夜、真奈は久しぶりに学校のことを饒舌《じょうぜつ》に語ってくれた。

だけど翌日、楽しかったすべては反転する。

母ウサギが生まれたばかりの赤ちゃんを、一匹残らず殺してしまったのだ。

出産直後の母ウサギは気が立っている。人間の匂いがつくと、自らの子ではないと思い込み、殺してしまうことがある。そういった基礎的な知識は、委員会の子どもたちに伝えられていたが、集まりを欠席していた真奈は聞いていなかった。

お昼休みに飼育委員が集められ、真奈は子ウサギが自分のせいで殺されてしまったことを知る。事態を引き起こした真奈を、直接的に弾劾する生徒はいなかったらしいが、自らの過ちに直面し、真奈の心は引き裂かれる。

女の子たちの泣きじゃくる声を聞きながら、真奈がどんな気持ちだったのか。私には分からない。担任やほかの先生たちが真奈に何を言ったのかも知らない。ただ、真奈はその時、トラウマになるほどの後悔を覚え、必要以上に自分を責めてしまった。自分なんかがいたから、赤ちゃんが殺されてしまった。先生も委員会の人たちも、口には出さないけど自分を責めている。きっと自分のことを恨んでいる。

抱えきれない後悔を胸に、人々から向けられる視線に恐怖した真奈は、それ以降、本当に中学校に通えなくなってしまった。

まだ引きこもりにはなっていなかったけど、少しずつ外出を嫌がるようになったのも、あの頃からだったように思う。

私と担任の先生に説得される形で、単位制の高校に通うことになったが、結局、そこも一ヶ月も経たない内に退学してしまった。

もう何年も前の出来事だけど、今でも真奈はあの日の失敗を忘れられないのだろう。

いつしか、お気に入りだったウサギのぬいぐるみも押入れにしまい込み、真奈は記憶を閉じ込めるようにして心を守った。

きっと、頑《かたく》なに自宅に閉じこもり、他人との接触を拒むのは、真奈なりの防衛の仕方なのだ。


だけど、もう誰も真奈を責めたりなんかしていない。真奈の失敗を知っている人だっていない。だから、お願いだから前を向いて欲しかった。

どうすれば自信を持ってくれるんだろう。何が変われば心を前に向けて、外出出来るようになるんだろう。

溺愛《できあい》している姉の贔屓目《ひいきめ》かもしれないけど、真奈の容姿は可憐《かれん》だと思う。華奢な体躯で顔も小さいし、低い鼻も、パッチリとした目も、抱き締めずにはいられないほど愛くるしい。ハムスターみたいに可愛いのだ。

外の世界に出て、一週間に一度のアルバイトで良いから働いて、そうやって気持ちを前向きにして欲しい。

どうすれば真奈が外に出て行こうという気持ちになってくれるのか。この一年間、いつだって私はそんなことばかりを考えていた。

「お姉ちゃん、何を見てるの？」

寝そべったままビスケットを頰張《ほおば》る妹を見つめていたら、照れたように身体をくねらせて、真奈が質問をしてきた。

「真奈は可愛いなって思ってさ」

「お姉ちゃんの方が百倍可愛いよ」

さも当然とばかりに放たれた言葉は光栄だが、私は自他共に認める平凡な女だ。社会人としての能力も、女としての魅力も、平均を統計で出したら、どれも近似値か、その少し下ぐらいにいるだろう。

「お姉ちゃん。絶対に彼氏とか作ったら嫌だからね」

「そんなこと言われても、私も二十代半ばだしね」

私の発言に対し、真奈の目が一瞬できつくなる。

「何？　もしかしてそういう候補がいるの？　駄目だよ。彼氏なんか作ったら、お姉ちゃん、私よりそいつのこと大事にしちゃうじゃん。真奈、お姉ちゃんに捨てられたら、寂しくて死んじゃうんだから」

「そんな大袈裟《おおげさ》な」

「大袈裟じゃないもん。真奈、友達いないし」

「ネットゲームに仲間がいるじゃない」

「あんなのミッションをクリアするために利用してるだけだもん」

我が妹ながら相変わらず殺伐とした女である。

真奈は不安そうな眼差しのまま、私の隣に擦り寄ってきた。

「お姉ちゃん。本当に彼氏とか出来たわけじゃないんだよね？」

どうしよう。正直に現状を伝えるのは簡単だけど、これだけ真奈が食いついてくるのはチャンスかもしれないし……。

「三秒以内に答えないと、お姉ちゃんを殺して、真奈も死にます」

「彼氏なんていないよ」

「本当？　真奈に嘘ついたら許さないよ？」

この目は本気で獲物を狩ろうとしている時の目だな。

普段は私の帰宅に合わせてゲームからログアウトする真奈だが、休日はネットゲームに夢中になっている姿を見ることが出来る。

ボス戦に挑んでいる時、真奈の周囲一メートルは暴風域になり、近付くとどんな被害が及ぶか分からない。真奈はゲーム中の行動が現実に直結するので、この前もテーブルを蹴《け》り飛ばしていた。

「本当にいないよ。ただ……」

「ただ？」

先を促す声のオクターブが下がっている。あな恐ろしや。

「……好きな人はいるかも」

それを告げると、真奈の両目がカッと開かれた。

「かもって何？　誰？　どんな奴？　年収一千万以下は認めないよ？　あと、身長百八十センチ以下も認めないし、眼鏡男子じゃなきゃ嫌。希望は長男で、私と同じAB型が良い。でも、お姉ちゃんに彼氏なんて絶対に認めない」

あんた……。期待と欲望が混ざり過ぎだよ。しかも、散々理想を並べた挙句に認めてないし。

「年収は？」

「うーん。どの位だろう」

「何のお仕事をしている人？」

「……図書館の司書さん」

私が借りてきた小説に飛びつき、真奈は威嚇を始める。いや、別に本にその人が乗り移っているわけじゃないんだから。

「公務員か。でも、駄目！ お姉ちゃんに彼氏なんて駄目！ 歳は幾つ？」

「五つぐらい上かな」

「丁度良いじゃん！ でも、真奈は認めないよ。格好良い？」

何という一貫性のなさだ。妹の思考はどうなっているのだろう。

「ちょっと目つきは悪いけど格好良いよ。きっと、真奈も見たら惚れちゃうんじゃないかな。どうする？ 今度、一緒に図書館行ってみる？」

「うー……」

唸《うな》るような声と共に、我が妹が逡巡している。

おー。迷ってる。迷ってる。そのまま外へ出る決意を固めてしまえ。

真奈は頭を抱えて、フローリングの上をごろごろと転がった後、

「無理」

バッと起き上がってそう言った。

「でも、司書さん身長百八十センチ以上あるよ？」

「本当に？」

「眼鏡男子だよ？」

「嘘でしょ？」

「長男かどうかは分からないけど、AB型っぽいしね」

真奈は頭を抱えて、再び唸り始める。葛藤《かっとう》してますな。青春の光景だ。

「お姉ちゃん、真奈を外に連れ出すために嘘ついてない？　そんな真奈好みの男が現実にいるなんて思えないんだけど。真奈を騙《だま》そうとしてるでしょ？」

「疑うんなら、その目で確かめたら？」

「うぅー……」

真奈は悩むだけ悩み、こちらを睨《にら》みつけながら、

「お姉ちゃんなんか振られちゃえ」

結局、そう言い放った。なんて自分勝手な妹なのかしら。

「絶対、邪魔してやる」

「ちょっと、ちょっと、真奈？」

「良いじゃん。お姉ちゃんには真奈がいるじゃん。男なんて捨てようよー。二人で花園作っちゃえば良いじゃんかよー」

花園って。真奈は一体どうしたいんだろう。

「……脈はありそうなの？」

どうしても気になるのだろう。振られてしまえと言い切ったくせに、真奈は不安と不満を半分ずつにした顔で尋ねてきた。

「私はただの利用客だしね。眼中にないだろうけど」

「それはそれでむかつく。お姉ちゃんの魅力が分からない男なんて極刑にすれば良い」

「でも、付き合って欲しくないんでしょ？」

「お姉ちゃんが真奈より誰かを大切にするのが嫌なんだよ」

「いつまでもそんなこと言ってられないでしょ？　私だって、将来的には結婚するかもしれないし」

「邪魔するもん」

良い感じの笑顔で言い切ったな。

「愛は障害があるくらいの方が盛り上がるんだよ？」

「絶対に同居するもん」

真奈なら有言実行しそうだ。

「でも、ほら、私だけじゃなくて、真奈にだって彼氏が出来るかもしれないよ？」

「嫌だよ。男なんて気持ち悪い」

「真奈、眼鏡男子は好きじゃん」

「二次元だけだよ。真奈のことは良いの！」

拳《こぶし》で背中を叩《たた》かれた。そろそろ止めといた方が良いだろうか。これ以上、追い詰めると泣き出しかねないしな。せっかく最近は喘息の発作も出ていないのに、私のせいで再発しちゃったら、後悔してもしきれない。

「応援はしないけど、絶対に進捗《しんちょく》状況は教えてよね」

「分かってるよ」

「絶対だよ？　黙って付き合ったりしたら、相手の男を抹殺するからね」

「私が真奈に隠し事をしたことなんてないでしょ？」

コクリと頷き、真奈は私に抱きついてきた。

「お姉ちゃん、大好き」

まったくもって困るほどに、うちの妹は重度のシスコンだ。

別に嫌じゃないし、真奈はたった一人の家族だからむしろ嬉しいけど、でも、このままで良いはずがない。姉として、それはきちんと理解している。

風に吹かれて、光を浴びて、そうやって人は生きていく。

真奈をいつまでも、このままの状態でいさせるわけにはいかないのだ。

5

せっかく久しぶりのお休みだったのに、半日以上が持ち帰った仕事のせいで潰《つぶ》れてしまった。私の動きが鈍いせいなのだが、残業だけでは片付かず、最近は休日も持ち帰った仕事に追われることが多い。

やっとの思いで仕事を終わらせ、舞原《まいばら》私立図書館の閉館時刻を気にしながらアパートを出る。

図書館に到着し、自転車から降りると、斜陽の日差しを受けて、足元の影が長く伸びていた。夕暮れ時は、それだけで人を感傷的にさせる。溜息だって重力を無くしてしまいそうな穏やかな薫風を受け、駐輪場で想いを馳《は》せた。

視聴覚ブースでの邂逅《かいこう》から、もう四日が経っている。

館長さんに会えたら話しかけてみたいけど、声をかける話題なんてあるだろうか。接点の希薄な相手と仲良くなる方法を私は知らない。職場と学校以外での恋愛経験がない私には、どうやって好きな人と親しくなれば良いのか分からない。大人になればなるほど、自分と関わりのない人と話をする機会は少なくなる。ただ声をかけるだけでも、信じられないくらい勇気と決意が必要だ。こういう恋をした人って、どうやって想いを叶《かな》えるための努力をするんだろう。

すっかり日も暮れた後で、結局、話しかける口実も思いつかないまま図書館に足を踏み入れた。

舞原私立図書館は三階建てで、蔵書は基本的に一階と二階にあるのだが、かなり大きな図書館だから、会いたい職員がいても簡単には見つからない。彼の日常の業務を私は知らないし、カウンターにも姿は見えなかった。

もしかしたら、また視聴覚ブースでサボタージュでもしているのだろうか。そんな可能性に思い当たり、二階に上がってブースを覗いていったら、案の定、館長さんは一番奥で、机に突っ伏して昼寝をされていた。もう昼寝なんて時刻でもないような気がするけど、すやすやと気持ち良さそうな寝息が聞こえてくる。

どうしよう。起こしてみたら、話しかけるきっかけにもなるだろうか。

どの映画を選んでも、閉館までに鑑賞は終えられないだろう。再度、ヘップバーンの映画を適当に選び、カウンターで館長さんの眠っていたブースの番号札をもらった。

中を覗くと、寝息と共に彼の背中が少しだけ上下している。

社会人にしては髪の毛が長いし、目つきも悪く、猫背だけど背も高い。見た目は怖くて近寄りがたいのに、無防備な寝姿が可愛い。

「あのー……」

恐る恐る声をかけてみたのだが、彼が起きる気配はない。

少しだけ力を入れて肩を揺すってみると……。

「何だよ。……起きてるよ」

寝惚けた声と共に、ようやく彼が起き上がった。薄目で私を視認した彼は、怪訝《けげん》そうな眼差しを浮かべる。

「おはようございます。ヘップバーンの女です」

手にしていた『マイ・フェア・レディ』のパッケージを彼の目の前で掲げてみた。

「……何言ってんだ、お前？」

「覚えてませんか？ ちょっと前に隣のブースで」

眠そうな目のまま彼は宙を仰ぎ、それから、

「……ああ。そんなこともあったな。何？　ここを使うのか？」

「すみません。申請してしまったんです」

「つくづくお前は俺の邪魔が好きみたいだな」

ブースから出ようとした館長さんに尋ねてみる。

「お仕事、暇なんですか？」

「職員が優秀なんでね」

それだけ上司に信頼される部下は幸せ者だろう。

その時、小さく、彼のお腹が鳴った。

「腹減ったな」

お腹を擦《さす》りながら、館長さんは独りごちる。

腕時計に目をやると、時刻は七時半を回っている。閉館まではまだ三十分近くある
が、夕食には頃合いだ。

「あの、じゃあ、良かったら夕食を一緒に食べに行きませんか？」

……何言ってんだろ、私。

言ってしまってから、カーッと頬が赤くなったのが分かった。彼がいつまでも寝惚

けているみたいな様子だったからだろうか。思わず無防備に心の声が漏れてしまったけど、これじゃ、あからさま過ぎる逆ナンじゃないか。

「すみません。何でもないです。ごめんなさい」

慌てて早口で取り繕おうとしたのだけれど……。

「飯？」

「いえ、本当に何でもないんです。忘れて下さい」

彼は動転する私を無表情に見つめて、

「お前、俺に気があるのか？」

残酷なまでに感情のこもっていない問いが投げかけられた。あながち間違いでもないだけに言葉に詰まってしまう。そして、言い訳の言葉を探すより早く、

「尻軽女《しりがるおんな》は悩みがなさそうで羨《うらや》ましいな」

ぶっきらぼうにそう言い残し、彼は去って行ってしまった。

彼に出会った時、運命だと思った。

一目惚れだったし、こんな偶然あるはずがないとも思った。だけど、驚くほどにあっさりと、壊滅的なまでに振られてしまった。

空回《からまわ》りどころの話ではない。

馬鹿《ばか》みたいだ。

舞い上がっていた自分が恥ずかしい。消えてしまいたい。


「お客様」

不意に背中から声をかけられ、振り返ると、制服の上にカーディガンを羽織った司書さんがいた。

彼女のネームプレートに覗く『楠木《くすのき》風夏《ふうか》』という名前は、以前に妖精さんが言っていた、この図書館の課長さんの名前。結婚指輪をはめているが、私と変わらないような年齢に見える。そして、

「職員への個人的な誘いはご遠慮願います」

冷徹なまでに、正当なる警告の言葉が告げられた。

自らの言動が浅薄だったという自覚は十分にある。恥ずかしくて何と答えて良いか分からない。

しかし、戸惑う私に、彼女は優しく微笑み、

「盗み聞きをするような形になってしまい申し訳ありません。館長のブース私有化も

謝罪させて下さい」

　そんな風な言葉を続けた。

「こちらこそ、お仕事中に申し訳ありませんでした」

　私に出来ることは、自らの非常識を謝ることだけだったのだけれど……。

　謝罪の言葉を受け、楠木さんは苦笑いを浮かべた。どういう意味だろう。

「館長はあのルックスですから、時々、利用者さんに声をかけられることがあります。館長目当てで、この図書館への就職を希望する方も過去にはいました。ただ、ああいう方ですから、大抵、まともな会話になんてならないんです」

　そりゃ、館長さんは凄《すご》く格好良いと思う。私が惹かれたのだって、やっぱり見た目によるところが大きいのだとも分かっている。だけど、違うんだ。私が彼のことを知りたいと思ったのは、そういうことじゃなくて、もっと決定的で運命的な……。

「一つだけ、お伝えします」

　楠木さんの顔から微笑みが消える。

「館長には妻がいます。どうか、中途半端な覚悟で彼を迷わせないで下さい」

　そんな、結婚してたのか……。

聞かされた言葉に頭が真っ白になった。

三十三歳だというし、考えてみれば何の不思議もないけれど、破天荒な言動のせいで家庭的な印象は皆無だったし、まったくその可能性は考えていなかった。妖精さんだって、そんなことは一言も教えてくれなかった。

「……奥さん、いらっしゃるんですね」

楠木さんは表情を変えずに頷く。


そっか。久しぶりだったんだけどな……。

ようやく、恋でもして、前に進もうかって思えたんだけど。

なかなか私の人生は上手《うま》くいかない。難しいや。とても。


小さく悲鳴のような声が聞こえ、視界の向こうで、妖精さんが派手に返却図書を床にばら撒《ま》いていた。何かに躓《つまず》いたのだろうか。

散らばった書籍を前に固まる彼女を見て、楠木さんは優しい溜息を漏らす。

「恋愛相談は図書館サービスの範囲外なんですけどね。どうしようもなくなったら話を聞きますよ。いつでもどうぞ」

そう言うと、彼女は妖精さんの元へと歩いて行った。

その日、私の真新しい恋は散った。そう思っていたのだけれど。

ある奇妙な縁があった私たちの物語は、もう少しだけ続いていくことになる。

第二話

雨露霜雪

1

ＯＬで賑《にぎ》わうランチタイムの居酒屋カフェ。

庭先では白と紫のクレマチスが初夏の花を彩り豊かに咲かせていた。

「あの本、図書館に返してくれた？」

大陸土産と共に告げられた長嶺凛《ながみねりん》の言葉に、内心動揺しつつも頷く。

凛が出張から帰って来たのは、館長さんに妻がいることを知った翌日のことだった。

私は今勤めている保険会社に二十二歳の春に中途採用されたのだが、凛は同じ年度に新採用された大卒の新入社員だった。給料も昇給率も違うし、働いている部署も異なるのだが、同い年ということもあって私たちは妙に馬が合った。

「佳帆《かほ》の家が近くて助かったよ。あの図書館、返却が遅延しちゃうと貸し出しペナルティがあるの。ビジネスサポートもしてくれるから、カードを止められちゃうと痛手だったんだよね」

「館内の掲示板で見たよ。経営相談とか、そういうサービスを図書館がしているって初めて知った」

「佳帆も利用してみたら？　この前、資料集めを手伝ってもらったんだけど、やっぱプロのレファレンスは違うわ。私も司書資格は持ってるのにな。精度が比べものにならないんだもん」

自嘲《じちょうてき》的な笑いと共に、凜は一つ大きく伸びをした。

凜は資格マニアで、現在も幾つかの試験に自主学習で挑戦している。旧帝大を卒業しているし、女子ながら出世街道を邁進《まいしん》しているが、さらなるキャリアアップにも余念がない。

「図書館に行くのって久しぶりだったし、面白かったよ」

「あの図書館、めちゃくちゃ綺麗だもんね。職員も多くて、制服も格好良いしさ。私立はお金をかけるところが違うわ」

それは私も思った。制服があるだけで珍しいと思ったけど、利用者から見ても、そのデザインは洗練されたものだった。

「私立図書館って何処から収入を得ているんだろう。採算取れないよね？」

「多少は自治体からの出資もあるみたいだけど、あそこは特殊なんだよ。舞原《まいばら》一族って知ってる？」

首を横に振る。館長さんと図書館の名前であるという以上のことは分からない。

「東京育ちの佳帆には馴染《なじ》みが薄いかもしれないけど、舞原って地方じゃ結構強力な企業グループなんだよね。で、そこの一族って作家も輩出してるんだけど、聞いたことないかな？　舞原詩季《まいばらしき》っていう作家さん」

「うん。知らないな」

私は新刊や話題作に疎い。だから私が知らないだけで、実は人気作家なのかもしれない。

「一族の老人たちが、読者に感謝の気持ちを還元しますってことで、図書館作っちゃったらしいよ。金持ちはやることのスケールがでかいよね。その作家さんも、この辺りに住んでるんじゃないかな。じゃなきゃ、わざわざ八王子に図書館を作る意味も分からないし」

「詳しいね」

凜は、にっこりと笑う。

「私、舞原詩季のファンなんだよね」

「へー。それは初耳」

でも、それで納得がいった。凜の家からも、会社からも、あの図書館へは結構な距離がある。わざわざ通っていたのには、そういう背景もあったのか。

「でね、これはネットの噂《うわさ》だから、私も確かめたことはないんだけど」

悪戯《いたずら》っ子のような笑みを浮かべ、凜は楽しそうに続ける。

「何でもあそこの館長ってめちゃくちゃ格好良いらしいんだよね。出現率が低くて、ほとんど会えないみたいなんだけど、佳帆、それっぽい人、見なかった？」

何だか背中を嫌な汗が伝っているような気がする。

「ん？　どうして黙っちゃうの？」

こちらの真意を測るように、凜が疑わしげな眼差しで見つめてきた。

「まさか心当たりがある？」

凜は慧眼《けいがん》の持ち主だ。

様々な可能性が脳裏をよぎる。

これまでも彼女は、同期の私に対して、お節介なまでに気を遣ってくることが多々あった。それ故に、ある可能性にも思い当たっていたのだが、藪蛇《やぶへび》になるのも怖くて、はっきりと答えずに話題を変えることにする。

ここのところ、凜の専らの悩みは、部署内に生じている派閥のことである。二十七歳という若さで役員にまで昇格した凜は、仕事に関しては恐ろしいまでの切れ者だが、人間関係の煩わしさを嫌い、いざこざには距離を置いている。

仕事は仕事、プライベートはプライベートと割り切っており、派閥による弊害が、クライアントに影響を及ぼさない限り沈黙を守ると決めているらしいが、それでも私の前ではポロポロと本音が零れてくる。

人はそれぞれ賦与された能力が違うわけだし、同僚に凜と同じ仕事の成果を期待するのは酷だとも思う。だけど、それを言っても二秒で反論されそうだし、笑顔で聞き役に徹することにしておいた。

ランチタイムのOLに似つかわしくない会話が私と凜の間では弾み、そんな時間が私は嫌いじゃなかった。誰よりも前向きな彼女と話をしていると、愚鈍な自分の歩調まで加速しそうな気がしてくるのだ。

2

私の両親が死んだのは、十二歳の時。

季節の変わり目、こんな中途半端な初夏だったと記憶している。

両親の葬儀の後、親戚に引き取り手がなかった私と真奈《まな》は、児童養護施設に引き取られることになった。

それから七年の歳月が流れ、就職して一年が経とうかという頃に、私たちは施設を出ることにした。私一人の収入で二人分の生計を立てていけるかは不安だったが、働き始めれば自立しなければならない。

施設を出る前日の夜、私と真奈は寮母さんに呼び出された。

彼女はとても規律に厳しい人だったから、何か最後に怒られるんじゃないかと、緊張しながら二人で赴く。

日に褪《あ》せた、い草の匂いに満ちた宿直室。

テーブルの上に、便箋《びんせん》とペンが置かれていた。

「あんたたちが出て行くと寂しくなるね。でも、頑張るんだよ。これからは、ずっと助け合っていかなきゃならない。苦しい時も、辛《つら》い時も、ちゃんとお互いを支えてあげるんだよ」

予想外の優しい言葉に、真奈がテーブルの下で私の手を握り締めてきた。

「私は四十の時に旦那を心不全で亡くしてね。お別れを言う暇もなかった。それどころか最後の会話は下らない喧嘩《けんか》で、随分と自分を責めたりもした」

結婚指輪をしているのに、どうして住み込みで働いているんだろう。ずっと不思議だった疑問に予期せず答えが与えられ、戸惑うと同時に、彼女の背景に見え隠れしていた影を、少しだけ理解出来たような気がした。

寮母さんは机の上のペンを取り、私たちの前に一つずつ置く。

「口幅ったい忠告になるけど、人生は何が起こるか分からない。どうにもならないような不幸が、突然、降りかかることもある。あんたたちはたった二人きりの家族なんだから、その便箋にお互いへの想いを綴《つづ》りなさい。明日、自分が死んでしまって、相手を一人きりで残してしまっても後悔しないよう、佳帆《かほ》は真奈に、真奈は佳帆に手紙を書きなさい」

単純に面倒臭いのだろう。露骨に真奈は不満を漏らしたのだが、そんな様子に苦笑いしながら、寮母さんは言葉を続ける。

「今日は三月九日だから、この日に決めよう。施設を出ても、毎年、三月九日がきたら、必ず相手への手紙を書くこと。そして、封をしてまとめて保管しておきなさい。どうせ、お金や書類の管理は全部、佳帆がするんだろ？　万が一、自分の身に何か起きても真奈が対応出来るよう、きちんと書き残しておくんだよ」

「真奈だって、ちゃんと手伝うもん」

口を尖《とが》らせて真奈は抗議したが、寮母さんは真に受けなかった。

「そうだね。真奈は……まあ、好きなことを書いたら良いわ」

「何それ。真奈が死んでもお姉ちゃんが困らないみたいな言い方」

納得いかないのだろう。真奈は憮然《ぶぜん》とした表情だったが、実際、手紙を書き始めても、真奈は十分足らずで作業を終えてしまった。

てか、何行書いたんだろう。ほとんど手が動いていなかった気がするんだけど……。


あれから何年も経ったけど、私たちは毎年、三月九日になると、寮母さんの言いつけを守って、お互いへの手紙を書き続けている。

いつか私が不慮の事故なんかで死んでしまっても、真奈が生きていけるように。カードの暗証番号、内緒で貯《た》めている真奈の結婚資金を振り分けている通帳、ほとんど事務的ではあるが、年々増えていく情報を整理しながら手紙を書いている。

真奈が小学校の修学旅行で買ってきてくれたお土産は、可愛らしい缶に入っており、それが封筒を入れられるサイズだったから、毎年そこに入れて保管している。年を追うごとに数は増えていくから、いつかは入りきらなくなるけど、そんな日がきたら、一緒に開けて読んでみようかなんて二人で話してもいる。

缶のサイズはそこまで大きくないし、そんな未来だって数年後にはくるだろう。その日を楽しみに待ちながら、私たちはその習慣を継続させていた。

私はお父さんのことも、お母さんのことも大好きだったけど、二人の言葉も想いも何一つとして残されてはいない。だからこそ寮母さんに約束させられた、この習慣の意味を強く感じたりもする。

予見しえない出来事は誰にだって起こり得る。歳の離れた真奈のことを思えば、こうして言葉を残しておく意味は絶対にある。


帰宅すると、玄関で真奈が待っていた。

「お姉ちゃん、お帰りー。今日はハンバーグが食べたいのであります」

それを言いたくて、わざわざ玄関まで出てきたのだろうか。

「挽《ひ》き肉《にく》って、まだ残ってたかな」

冷凍庫を開けて確認する。

「まあ、何とかなりそうか」

「やったー。お姉ちゃんのハンバーグは世界で一番美味しいから楽しみだー」

怪しいスキップで真奈は居間に帰っていった。中途半端にスキップになっていない気がするのだが、真奈は運動神経にもコンプレックスを持っているから、言及しないのが優しさだろう。

鼻歌交じりに挽き肉をこねていたら、不意に後ろから真奈に抱きつかれた。そのまま額の辺りで背中をぐりぐりとされる。

何だろう。身動きが取りにくくて、料理に支障が出るんだけど。

「お姉ちゃん。寂しい。真奈、死んじゃうかも」

突然、何を言い出したのだろう。

「どうしたの？」

「あいつのせいで、最近、お姉ちゃんの化粧が変わった気がする」

「あいつって誰？」

「図書館の司書。お風呂の時間も長くなったし、真奈と遊んでくれないし」

最後のは関係ないんじゃないだろうか。

「まさか、もう付き合ってたりしてないよね？」

「してないけど」

「嘘ついたら、そいつを呪《のろ》い殺すよ？」

相変わらず発想が極端な妹である。

「抱きつかれてると料理出来ないんだけど」

「お姉ちゃんがそいつを諦《あきら》めるなら離れる」

背中に二回、頭突きをされた。きつつきみたいだな。

「諦めないなら、料理を続けられると思うなよ？」

私を抱き締める腕にさらに力が入った。

なるほど。徹底抗戦の構えというわけか。だけど、そっちがその気なら、私にだって考えがある。

「今度、司書さんをデートに誘ってみようかなって思ってたんだよね」

挑発のつもりで言った言葉の効果はてきめんだった。真奈は床に崩れ落ち、悲劇のヒロインのようにしなを作って、ホロリと涙を零す。

「もう、お姉ちゃんは真奈のことがいらないんだ……。真奈は引きこもりで、駄目人間で、お姉ちゃんがいないと死んじゃうのに、お姉ちゃんは真奈なんて死んでも良いんだ」

「ちょっと、真奈ちゃん、真奈ちゃん」

そんな大袈裟な。

「お姉ちゃんを殺して、真奈も死ぬ」

フラリと立ち上がり、真奈は包丁に手を伸ばす。

「お父さん。お母さん。血の繋がらない眼鏡のお兄ちゃん。先立つ真奈の不幸をお許し下さい。恨むなら、非情なお姉ちゃんを恨んで下さい。アーメン」

突っ込みどころが多過ぎて口にするのも億劫《おっくう》なのだが、先立つも何も、両親は既に死んでいるし、そもそもお兄ちゃんなんていない。

「私は真奈を除け者《の　もの》になんかしないよ？　大体、司書さんに振り向いてもらえるかも分からないし、彼氏が出来ても真奈と三人で仲良くしたいもん」

「嘘だ。女は皆そう言うけど、付き合ったらすぐに真奈を邪険にするんだ」

「じゃあ、三人でデートする？　真奈が行きたい場所に連れてってあげるよ？　映画でも遊園地でも花火でも何でも」

「酷い！　真奈が太陽の光を浴びたら死んじゃう病気だって知ってるくせに！」

「思いつくままに嘘をつくのをやめなさい」

それ、最近読んだ文庫本の設定でしょ。

まずは、この虚言癖と被害妄想を改善させないと、引きこもりは治らないのかもしれない。前途多難だよな……。

本当にいつになったら、外出してくれるんだろう。真奈が現状のネガティブシンキングから抜け出してくれるなら、何だってしてあげたいと思っている。だけど、慨嘆すべき現状を打破する有効な一手が思いつかない。

私たちの明日は一体どっちにあるんだろう。

3

残業を終わらせることが出来ず、休日出勤をやむなくされたその日。

やっとの思いで仕事を終えて会社を出ると、夕日を受け、既に影が長くなっていた。

電車から降り、自宅ではなく舞原《まいばら》私立図書館へと向かう。

閉館までは、まだ少しだけ時間がある。久しぶりの休みなのだ。大半は仕事で潰れてしまったが、せめて最後に好きな人の顔を見たい。

六月に入り、炎暑は遠くても、湿度は日に日に高くなっている気がした。

滲《にじ》み出《で》る汗が嫌で、少し休憩しようと、いつもの大通りの交差点で自転車を降りる。

何年か前にここでは大きな交通事故があった。私はその事故を目撃していないが、それは被害者も加害者も共に亡くなってしまう凄惨《せいさん》な事故で、それ以来、時々、交差点の一角に色とりどりの花が献花されるようになった。信号向かいに小さなお花屋さんがあり、そこの店員さんが季節のお花を供えているのだ。

自販機の横、供えられた今日の花は、青の冴《さ》えたアヤメ。濃い緑の葉を従えて、路面に美しく映えている。「いずれ菖蒲《あやめ》か杜若《かきつばた》」というフレーズがあるように、菖蒲というのは似ている花が幾つかあるのだが、私は今でも苦もなく見分けをつけることが出来る。網膜に染み付いた知識は、そう簡単に消え落ちたりはしないのだろう。

再び自転車を走らせながら思い出す。

先月、あの交差点でアイリスとゼラニウムを見た日に、私は彼と出会ってしまった。舞原葵依《まいばらあおい》さん。私立図書館の館長で、私より五つ年上。少しだけ長い髪の下に、世俗を拒絶するような目が覗いていて、猫背だけど背が高い。口が悪くて、ぶっきらぼう。忘れっぽくて、後片付けが出来なくて、仕事もしてくれないらしいけど、それは私にはよく分からない。そして、何よりも彼には妻がいる。

私が知っている館長さんの情報はそんな程度だけど、こうやって並べてみると、どう考えても後ろ指をさされるような恋だ。

何年か振りに気になる人が出来たのに、既婚者相手じゃ、どうしようもない。不倫とか略奪愛とか、そんなことは世界がひっくり返っても出来ないし、したくもない。でも、どんな人なのかもっと知りたいって、そう思ってしまうこの気持ちを抑えきれないなら、どうすれば良いんだろう。結婚指輪をはめていないじゃないかとか、妖精さんは彼の妻について何も言っていなかったとか、希望の根拠にするにはあまりにも儚いカードにすがり、再び足を運んでしまう自分が情けない。

顔だけ見て帰ろう。その姿を脳裏に焼き付けて、少し元気をもらうぐらいなら、きっと奥さんも許してくれるよね。

もう閉館時刻は迫っていたが、カウンターにも彼の姿は見当たらなかった。事務所の奥に引っ込んでしまっているのだろうか。

胸の痛みを恋と呼ぶのなら、この想いは、どうしようもないほどに恋なのだろう。叶わなくても、叶えるつもりもなくても、胸の痛みには嘘をつけない。

未練がましいと自覚しながら視聴覚ブースの外をうろうろとしていたら、

「探し人は見つかりましたか？」

穏やかな声が背中から届き、振り返ると、先月、私に館長さんが既婚者であることを警告してきた司書さんがいた。ネームプレートに目をやって思い出す。

彼女は楠木《くすのき》風夏《ふうか》さん。妖精さんに課長と呼ばれていた女性だ。

えぐるような問いと共に見つめられ、恥ずかしさと情けなさで固まってしまう。

「館長をお探しなら、今日はいませんよ」

「……お休みですか？」

「暑くなってきたので、セルフジャッジで休日でしょうね」

私はしがない会社員でしかないが、返ってきた答えは、にわかには信じがたいものだった。

「良いんですか？　館長さんがそれで」

楠木さんは苦笑しただけで、私の問いには答えず、別の言葉を続ける。

「館長にアプローチをしてくる方は、彼が既婚者だと知ると、大抵は二度と現れなくなるんです。女は男より打算的で、切り替えの早い生き物ですから。あなたのようにめげない人は珍しいです」

「……すみません」

非常識を責められているのだと思った。警告の言葉を受け取ったにも拘《かかわ》らず、私は未練がましく図書館を再訪してしまった。

「深入りしても傷つくだけですよ」

楠木さんがそう言いたくなるのも分かる。彼女の言葉が正しいと理解も出来ている。だけど駄目なのだ。

ただの一目惚れでしかないと、所詮《しょせん》、それだけの恋なのだと分かっているけど、でも、違うんだ。彼に会って、私は願ってしまった。ある大切な願いに気付いてしまった。

「……一つだけ聞いても良いですか？」

「質問するのは自由ですよ。それに答えられるかどうかは、別の話ですが」

彼女の言葉は正しい。そして、プライベートな話をほかの人から聞くのは、コミュニケーション上のルール違反だとも思う。だけど、一つだけ。

「館長さんに、お子さんはいらっしゃいますか？」

少しだけ、本当に微《かす》かではあるのだが、平静の眼差しを湛えていた彼女の表情が歪《ゆが》んだような気がした。それから、

「……いませんよ。これから先も出来ることはないでしょうね」

無表情に楠木さんはそう言った。

どういう意味だろう。奥さんが妊娠出来ないということだろうか。世の中には、様々

な理由で、そういう事情を抱える女性もいるだろうけど……。

告げられた言葉の意味を悟るより早く、

「彼女はもう消えてしまったんです」

そんな言葉を残して、楠木さんは立ち去ってしまった。

今度こそ、本当に意味が分からなくなる。

家族の物語は、どうしようもないまでに部外者でしかない私が、好奇心だけで立ち入って良い領域ではない。そんなことは百も承知しているし、適切な距離でいることが、社会人としての礼節なのだとも思う。だけど、そんな言葉を残されたら……。


しつこいという自覚はある。

既に楠木さんには呆《あき》れられているだろうけど、恋のために頑張らないのだとしたら、何のための努力なのだろう。

静かな夜の訪れと共に閉館時刻がやってきて、職員用の通用口から大通りへと向かう小道で、雲間の半月を見つめていた。

一人、二人と職員らしき人たちが帰宅するのを眺めながら、電柱に背中を預け、私は彼女を待っていた。

どうしても彼の話をもう少しだけ聞きたい。踏み込みすぎだと分かっているけど、今日、勇気を出せなければ、明日はもっと大きな勇気が必要になる。どうせ奮うしかない勇気なら、今日、奮いたい。

やがて現れた楠木さんは一人だった。私を見つけて驚いていたが、その後で曖昧《あいまい》な微笑みと共に一礼をされる。嫌悪の眼差しを向けられたらどうしようかと思っていたのだけれど、幸いにも彼女は拒絶の表情を見せていない。

「お疲れ様です」

楠木さんはゆっくりとした歩調で、私の元へとやってくる。

隣に立った彼女に、バッグに入れていた缶珈琲を差し出した。

「少し温《ぬる》くなってしまいましたけど、良かったら」

「ありがとうございます」

小さく笑って手に取った彼女だったが、口を付けることはしなかった。

和めるような状況でもないし、彼女だってようやく仕事を終えたところなのだ。早く帰宅したいだろうし、すぐに本題に入るべきだろう。

「もう少し、お話を聞きたくて待っていました。『どうしようもなくなったら話を聞きますよ』って、以前に仰《おつしや》っていたから」

「そんなこともありましたね」

「彼の奥さんが消えてしまったって、そう言いましたよね」

「はい」

「お願いします。その続きを聞かせてもらえませんか？」

心のすべてを見透かすような、射貫《いぬ》くような鋭い眼差しで見つめられた。

「その質問をすることが、どういう意味を持っているのか、理解していますか？」

真剣な眼差しと共に問われる。

「中途半端な好奇心で、ここから先を知りたいというのであれば迷惑です。館長は既婚者ですし、抱えている状況も複雑なものです。それでもなお、それを知りたいと思いますか？　あなたには相応の覚悟がありますか？」

半ば脅しとも取れる言葉を投げかけられ、それでも迷いは胸の中に生まれなかった。彼と出会えたことを偶然だなんて思いたくない。運命でもない限り、こんな出会いあるはずがない。運命であって欲しいと、そう願ったんだ。

傷つくだけの恋でも構わない。彼と出会ってしまったのに、何もせずに諦めるなんて私には出来ない。絶対にしたくない。

「覚悟ならあります。私が傷つくだけならば、それも構いません」

彼女は私を見つめ、それから、電柱の灯《あか》りの下、一つの彼にまつわる事実が告げられる。

「館長の奥さん、雪蛍《ゆきほ》さんというのですが、彼女は失踪《しっそう》中なんです」

『彼女は消えてしまった』という言葉を鑑《かんが》みれば、それは予想され得る話だったのかもしれない。しかし、不意打ちのように告げられた言葉に、思考がついていかなかった。『失踪』という生々しい二文字だけが頭の中を巡る。

「もう四年前の話です。旅先で消えたという彼女は、今も見つかっていません。随分と時間も経ってしまいました。恐らく彼女はもう……」

私と真奈は小さい頃に両親を亡くしている。

当時、四歳だった真奈は二人の記憶もほとんどないようだが、私はきちんと両親に愛されていたことを覚えている。死と失踪は本質的に違うけど、喪失の痛み、心に穴を穿《うが》たれることで広がる、空漠とした荒涼感はきっと同じだ。

私は結婚していないし、恋人と死別したこともないから、館長さんの痛みを正確に推し量ることは出来ない。でも、彼を襲った孤独を想像することは出来る。

『図書館を建てたのは親戚で、館長は引きこもりだったから、無理やり責任者を任せられたんです』

以前、妖精さんが言っていた言葉を私は真に受けていなかったけど、あれは文字通りの事実だったのかもしれない。

彼は喪失の痛みで外出出来なくなった。そして、呼吸をするだけで傷ついてしまうほどに弱っていた彼を、無理やり現実に繋ぎ留めておくために、親族の誰かがこの図書館の館長に推薦した。

心に痛みを抱え、落ち込み続けることを許されるなんて、贅沢《ぜいたく》なことだと思う。だけど、甘えや逃げを許される環境にいるというのは、本当に幸福なことなのだろうか。私だって自滅寸前にまで追い詰められたことがあるけど、逃げることを許されない日常があったおかげで、こうして普通の毎日に戻ることが出来ている。

痛みを伴うような、そんな表情で楠木さんは言葉を続ける。

「館長の心は消えてしまった妻の影に囚《とら》われたまま、今も出口のない何処かを彷徨《さまよ》っています。前にも後ろにも進めない。進むつもりもない。彼はそういう人なんです。これ以上は、あなたが傷つくだけです。ここで終わりにしましょう」

優しい言葉で、だけど毅然《きぜん》とした態度で、閉幕を告げられた。

「私たちは二年間、館長と一緒に仕事をしてきました。彼は不器用で弱い人ですけど、仲間なんです。だから、彼に代わって感謝をさせて下さい。館長を好きになってくれて、ありがとうございます。たったそれだけのことでも、やっぱり私たちは嬉しかったです」

立ち去ろうとした楠木さんの背中に、

「待って下さい」

思わず声を投げてしまった。

振り返った彼女に、整理されていない胸の内を、それでも届けたかった。

「私は彼に『尻軽女は悩みがなさそうで羨ましいな』……そんな風に言われました」

怪訝な表情を見せる楠木さんに、言葉を続けていく。

「その通り過ぎて返す言葉もありません。でも……」

私なんか眼中に入っていないことは分かっている。だけど、この恋はそういうことでもないのだ。私は館長さんの苦悩を知ってしまった。それを救いたいと願ってしまった。だから、

「もう少し、彼へのアプローチを続けたいんです」

「傷つくだけですよ」

「構いません。私が傷つくぐらい、そんなのてんで構わないんです。だから、彼の連絡先を教えて頂けませんか？」

理解出来ない。そんな眼差しが突き刺さる。

「あなたは『尻軽女』って、そんな辛らつな言葉をかけられたんですよね？」

「はい」

「妻がいることも、館長が彼女を忘れられないでいることも話しましたよね？」

深く頷く。分かっている。ちゃんと現実は見えている。

「それでも、知りたいんです」

楠木さんは同情とか憐憫《れんびん》とか、多分、そういうものを混ぜこぜにした瞳《ひとみ》で私を見つめていた。そして、

「職員の住所も連絡先も教えるわけにはいきません」

返ってきた回答は明瞭《めいりょう》で、残酷なものだった。

もちろん彼女の言っていることは理解出来る。それが当然だとも思う。だけど、理屈を超えて、どうしても彼のことを知らなければいけない理由が私にはある。

私はきっと今、泣きそうな顔で彼女を見つめているのだろう。

そして、切実なまでの覚悟と想いが、もしかしたら伝わったのかもしれない。

「ただ……」

楠木さんはそんな言葉を続け、しばしの逡巡の後で、図書館近辺の番地とコンビニエンスストアの名前を告げた。

「彼は料理が出来ないし、食事に対する欲求も極めて希薄な人です。倒れない程度にはコンビニへ通っていると言い張ってましたけど、それだって何処まで信用して良いか」

呆れているのか、それとも心配しているのか。

疲れたような声で楠木さんは続ける。

「彼は生活力も生命力も薄弱だから、気付いたら死んでいるんじゃないかと思うこともあります。言いたいことを汲《く》み取れますか？」

一つ、力強く頷いた。

その先の言葉がなくとも伝わる想いはある。彼女が言外に伝えたかった想いは、きちんと受け取ったつもりだ。

「ありがとうございます。絶対にご迷惑はおかけしません」

私の言葉に楠木さんは苦笑いを浮かべる。

「そんなに思いつめなくて良いですよ。結局のところ、この続きを始めるのも始めないのも、あなたの自由なんです。それに、どれだけ館長のことを心配していても、私たち職員には踏み込める領域なんて限られています」

月明かりの下で楠木さんは優しい目をしていた。

「館長が幸せになれるなら、私たちはそれで良いんです」

立ち位置は違えど、楠木さんと私が願う未来は同じ方向にあったのだろう。

幾つもの言葉に出来ない複雑な想いを抱えて、躊躇《ためら》いや期待を混ぜ合わせながら人は恋をする。

願わくは、それが誰かの幸せと繋がっていたら良いのだけれど……。

4

長嶺凛《ながみねりん》が家《うち》に遊びに来るのは初めてのことではない。だけど、今回もやっぱり真奈《まな》は警戒心全開で、奥の部屋に速攻で逃げ込んでしまった。

それでもこちらのことが気になって仕方ないのだろう。私たちが笑い声をあげる度に、襖《ふすま》の向こうにチラチラと怯えたような顔が半分覗く。

「ほら。真奈ちゃんの好きなドーナツだよ」

自由奔放な同僚は、入れ物の箱をブラブラさせて、我が妹を挑発し始める。

「うぅー」

襖の向こうに顔を出したり引っ込めたり、真奈はしっかりと踊らされている。

食べたい。でも、私以外の人がいる居間へは出て行きたくない。

葛藤の様子が手に取るように分かる。

「真奈ちゃんへのお土産なんだけどな。こっちに来ないなら、佳帆《かほ》と全部食べちゃおうかなー」

「あんまり真奈をいじめないでね」

「ははは。ごめん。ごめん」

凜は懐柔を諦めて箱をテーブルの上に置いたのだが、欲望に勝てなかったのか、真奈が姿を現した。

「ドーナツ食べる」

「や。いらっしゃい」

凜が隣のスペースを空け、真奈はしぶしぶそこに座り込んだ。

なるほど。人見知りよりも食欲が勝つわけか。一つ勉強になった。

真奈は満面の笑みでドーナツを両手に取り、交互に食べ始める。しかも、気付けば残りのドーナツが入った箱を、しっかりと足で抱え込んでガードしている。凜だって一応お客さんなんだから、もっとお行儀良くして欲しいんだけど。

私たちがテレビを見ながら談笑を続けていると、CMに入った隙をついて真奈が凜の袖《そで》を引っ張った。

既にお土産のドーナツは、大半が真奈の胃の中に収められてしまっている。

「ん？　どうした？　足りなかったかな？」

真奈は首を横に振る。

何だろう。真奈がこうやって他人に意思を伝えようとするなんて珍しい。

「凜さんはお姉ちゃんと仲が良いんだよね？」

「そうだね。会社では一番の仲良しだよ」

まさか、お姉ちゃんの友達は敵だから天誅《てんちゅう》とか、そういう暴力的な思考に達しているんじゃ……。

「お姉ちゃんに彼氏がいるか知ってる？」

「佳帆に彼氏？」

真奈はコクリと頷く。

「いないと思うけど……。そんな奴、いないよね？」

不思議そうな顔で、凛は同意を求めてくる。

「お姉ちゃん、最近たぶらかされたの」

「そうなの？」

面白い話を聞いたとでも言わんばかりの顔で、凛が見つめてきた。

何だか面倒臭いことになってきたな。

「佳帆。私そんな話聞いてないんだけど。何？　隠してたの？」

さて、どうしよう。正直に言っても良いのだが、それはそれで面倒臭い話になりそうだし……。

私の逡巡などお構いなしに、真奈は告げ口のように言葉を続けていく。

「その男は図書館の司書なの。身長は百八十センチ以上で、五つ年上で、しかも目つきが悪くて眼鏡男子なの。多分、イケメンなの。でも、お姉ちゃんは男を見る目がないから、きっと性格も悪いし将来性もないの。だから、邪魔したいの」

言いたい放題だな。てか、最後の方、あんたの創作じゃない。

「佳帆、本当？　そんなステータスの高い男と偶然知り合えるなんて、童話にしか聞こえないんだけど」

「童話かもしれないね」

「ほらー。こうやって、すぐにはぐらかすんだよ？　凜さんも言ってやってよ」

射貫くような凜の目が私を捉《とら》えていた。凜は恐ろしく頭脳明晰《めいせき》だから、迂闊《うかつ》なことを口走れない。

「イケメンは基本的に生活力が薄弱で、サービス精神に欠けるからね。佳帆。やめときなさい。傷つくだけよ」

「そうだよ。お姉ちゃん、傷つくだけだぞ」

凜を味方に引き入れ、真奈はここぞとばかりに攻撃をしてくる。

「飽きたらすぐに捨てられて、別の女に乗り換えられちゃうんだよ？　その点、真奈なら浮気しないし、家からも出ないし安心じゃん」

あんた、今、さらっと引きこもり継続宣言を織り込んだね？

本当にどうしたら外出してくれるんだろう……。

「真奈が一緒に映画を観に行ってくれるなら、司書さんを諦めても良いよ」

「ほら、こうやってすぐに妹をいじめるんだよ」

真奈は凜の腕にすがりつく。すっかり仲間と認識したらしい。まあ、人見知りが少しでも緩和されるのは悪いことじゃないけど、動機が動機だから虚心では喜べない。

「真奈、色素性乾皮症だから太陽の光を浴びたら死んじゃうのに」

「人前で知識を増し加えて嘘をつくのをやめなさい」

ったく、何処でそういう語彙《ごい》を入手してくるんだろう。本当に病気で苦しんでいる人に対して失礼じゃないか。

「真奈と同い年くらいの子たちは、毎日学校に行って、友達と遊んで、恋人なんかも作って、楽しく生きてるんだよ。真奈だって外に出ていけば、色んな幸せが手に入ると思うよ」

「別に友達も彼氏もいらないもん」

「でも、いつもオフ会に誘われてるんでしょ？」

真奈のオンライン上の仲間たちは頻繁にオフ会を開いていると聞く。東京在住の真奈も声をかけられているらしいが、一度も参加したことはない。しかも、ただ不参加なのではなく、参加を表明しておいて、実際には無視するというような暴虐ぶりを何度も発揮しているのだった。

狼《おおかみ》少年とまでは言わないけど、よく仲間を失わないものだと思う。どうせネットゲームなんて、相手も本当のことを言ってる保証がないんだからと、真奈は開き直ってみせるけど、どう考えたって、そんなの間違ってる。

たとえそこに悪があっても、悪に悪を返すような生き方は駄目だよと、そう諭すのも姉の役目だ。でも、それを真奈には強く言えない。だって、もしかしたら本当は真奈もオフ会に行きたいと思っているのに、勇気が出せていないだけかもしれないからだ。もしそうなのだとしたら、そんな葛藤だって理解してあげたい。

「オフ会なんて別に興味ないし」

「でも、今度は行きますって、そう言ったんでしょ？」

「社交辞令だよ。誰も本気にしてないって。大体、三次元の人間に会ったって何の得もないもん」

「ねえ、真奈。友達を作るのは、損得のためじゃないんじゃないかな？」

私の言葉なんて聞こえない振りをして、真奈は白い歯を見せる。

「お姉ちゃん、どっちのドーナツが良い？　好きな方をあげるよ？」

私の気を逸《そ》らしたいのだろう。両足でがっちりと抱え込んでいた箱から、残った二つのドーナツを手に取り、差し出してくる。

重たい溜息だって零れてしまう。

真奈が普通の生活に戻ってくれるだけで、私は幸せなんだけどな。

まだまだ、前途は多難のようだ。

5

次のお休みの日。

思いつく限りのお洒落《しゃれ》をして家を出たのは良いのだが、最後の一歩を踏み出せずに、もう何十分も蹌踉《そうろう》とした心で迷い続けていた。

次の交差点を曲がれば、そこには楠木《くすのき》さんに教えてもらった、舞原葵依《まいばらあおい》さん御用達のコンビニがある。

館長さんの自宅は思った以上にうちから近く、生活圏が重なっていてもおかしくないほどだった。だけど、距離が近ければ装った偶然に正当性が増すわけじゃない。少なくともそのコンビニを私が利用したことなんてなかったし、前触れもなく自分に好意を寄せる図書館の利用者と遭遇したら、彼だって不審に思うに違いない。

そもそも会えたとして、どうやって声をかけたら良いんだろう……。

いつも彼が利用しているお店の前に立っただけで、息苦しくなっていく。

外から眺めてみても店内に館長さんの姿はない。

私は立ち読みというものをしたことがないし、コンビニに長時間居座れるとも思わない。日焼けも気になるが、少しだけ距離を置き、道端からコンビニ客を観察することにした。

時刻は午後四時。彼が何時に訪れるかなんて分からないけど、好きな人のために益体もない時間が消費されるのであれば、そこに意味はある。

会えた時に何て話しかけようか。そんなことを思い巡らすだけで、きっと緩慢な時でさえ、その針は確実に進んでいくはずだ。


ゆっくりと、だけど、確実に。

風のない日でも雲が形を変えていくように、時が刻まれていく。

こんなにも日の長い六月だというのに、気付けば私の足元から伸びる影は随分と長くなってしまった。

腕時計に目を移すと、かれこれ三時間もここで待っている計算になる。

黄昏時《たそがれどき》、未《いま》だ彼が現れる気配はない。

ポツリ、ポツリと、気が付けば、降り出した雨が髪と肩を濡らしていく。

夕立か……。

天気予報を見てこなかった私は、傘を持ってきていない。

次第に激しくなっていく夏の雨が全身を濡らしていく。

雨宿りを出来る場所も見つからなくて。

ドラマのようなタイミングで彼が現れることもなくて。

……馬鹿みたいだな。

雨に打たれながら、心の底から、そう思った。


たった一つの手掛かりを得ただけで思春期みたいに舞い上がり、ストーカーまがいの待ち伏せまで敢行した結果、出会えたのは望まない日焼けと初夏の夕立だけ。

どうしようもなくちっぽけな自分の存在感に泣きたくなる。こうして雨に濡れていなかったとしても、私の涙に気付く人なんていないだろう。

もう、今日は帰ろうか。奮った努力がどれだけ空回りでも、それも恋だ。自分一人が傷つく覚悟なら、十分にあったはずじゃないか。こんな姿を真奈《まな》に見られたら笑われてしまうだろうけど、自業自得だ。

待ち伏せが空振りに終わり、夕立にまで打たれてしまえば、心だって多少は折れる。再度待ちぼうけになるのが怖くて、次のお休みの日、私は図書館に足を運んでみたのだが、その日も館長さんはお休みだった。

逢坂《あいざか》さんの話では、昨年も梅雨《つゆ》の時期は重度の引きこもりを発症していたらしく、今年も今日で十日間連続の欠勤だという。責任者がそんなことで良いのだろうかと切実に思うけど、そんな事実を知っても想いが冷めない私もまた重症だ。

「館長は不摂生な人なので、倒れているかもしれないし、早く見に行って下さいね」

妖精さんに笑顔で促され、何というか、どうして彼女はこんなにも私を応援してくれるんだろうと、不思議な気持ちにもなるのだが、温かな励ましの言葉は勇気を充電してくれる。

日々を仕事に追われるうちに、気付けば二週間が経過していて、久しぶりにやってきた、持ち帰った仕事のない連休。ようやく再度の覚悟を固めた。

日傘を買い、ばっちりと日焼け対策をして、スポーツドリンクも水筒に入れた。明日もお休みだ。今日は体力の続く限り、彼を待ち伏せしてみせる。

午前十時には件《くだん》のコンビニへと到着し、バス待ちの客を装ったり、付近を歩き回ってみたり、出来るだけ怪しまれないようにとあれこれ画策しながら、私はその時を待った。しかし……。

太陽の傾きと連動して足元の影が伸びていき、腰が痛くなってきても、空腹に襲われてしまっても、彼の姿を見つけることは出来なかった。

いつか来る、その時を信じて。刹那《せつな》的《てき》な日常を、この恋が変えてくれると信じて。そうやって、ただ、彼の登場だけを願うのに、いつまで待ってみても、彼は現れない。

奇跡が起こるための条件に、想いの強さなんて関係ないのだろう。

空を見上げても真っ赤な夕日が目に入るだけで、今日は夕立も降りそうにない。

努力が無駄にならない世界があるなら、それはとても素敵なことだ。だけど、現実は残酷なまでに平凡で、奇跡もご都合主義も転がってはいない。

やがて、薄闇《うすやみ》と共に、何の優しさも持たない日没がやってくる。

都会とはいえ、夜道の女の一人歩きは怖い。無駄足を踏んだ惨めな自分に泣きそうになりながら、磨耗した身体に鞭打《むちう》って帰宅することにした。

夕食を作る気力も残っていない。今日はお弁当か何かを買って帰ろう。

最後にもう一度、店内を確認したのだが、やはり彼の姿は見当たらない。そして、溜息と共に帰途についたのだけれど……。

コンビニのある区画の角を曲がり、大通りに出たところで呼吸が止まった。

こちらに向かって歩いてくる男の人に目が釘付けになる。コンビニの袋を左手にぶら下げ、悠然と歩くその人は舞原葵依さんだった。

どうして、彼が……。

混乱する頭が回答に辿《たど》り着くより早く、彼の後ろにある別のコンビニが目に入った。

引きつった笑みが零れる。

何て私は馬鹿なのだろう。この付近にコンビニは二軒あったのだ。

久しぶりに見る館長さんは、いつものように眼鏡を掛けていて、ジーンズに長袖のシャツ、足元はサンダルだった。

やがて、こちらに向かって歩いて来た彼が、道路に立ち尽くす私に気付く。

怪訝そうな視線が向けられ、私は軽く頭を下げた。

「こんにちは」

待ち望んでいた再会の時を迎え、心拍数が跳ね上がっていく。

軽く足が震えていたし、握り締めた拳の中で、汗がじわりと滲むのが分かった。

夢にまで見た彼が、ようやく目の前にいる。コンビニの袋を持つ手は、やはり骨ばっていて、細く長い指は、重たい物なんて持ったら折れてしまいそうだ。

館長さんは私を見つめて、

「何かの勧誘か？」

面倒臭そうに、そう言った。

あれ、まさか、まだ認識されていなかったのかな。

どうしよう。館長さんと交わした会話で印象的なものをピックアップすると……。

「えーと、尻軽女です？」

「何で疑問形なんだ？　お前、新手の宗教勧誘か？」

可能性としては頭にあったけど、ここまで完璧《かんぺき》に眼中に入っていないと、さすがに落ち込むなあ。でも頑張るしかない。無理目の恋だってことは初めから百も承知だ。

「驚かせてしまって、すみません。私、図書館の利用者で……」

「知ってるよ。ヘップバーンの女だろ」

じゃあ、さっきのは冗談か何かだったってこと？　分かりづらいんですけど。

「お前、この辺に住んでたのか？」

「そうですね。そんな感じです」

曖昧に答えるしかなかった。生活圏は一緒だと思うけど、偶然会えるほど近所に住んでいるわけでもない。

「館長さんのお家《うち》もこの辺りですか」

彼は顎《あご》で横にあったアパートを指し示した。

「そこだよ」

私立図書館を記念で作ってしまうような一族だ。高級マンションにでも住んでいるのではないかと思っていたが、そこにあったのは、ごく平均的なアパートだった。貧乏人の私が萎縮《いしゅく》させられるような物件にも見えない。

「それ、夕食ですか？」

彼は袋を掲げる。

「まあ、そんなもんだな」

どう見てもカップラーメンとスナック菓子しか入っていないようなのだが、毎日こんな食生活なのだろうか。

「最近、図書館で館長さんを見ないから、司書さんに聞いてみたんです。家でろくに食事もせずに倒れているんじゃないかって、心配されてましたよ」

館長さんは面白くなさそうに舌を鳴らした。

「保護者のつもりかよ。そういうことを言いそうなのは星乃叶《ほのか》か」

正解だ。私に館長さんの生活圏を教えてくれたのは楠木さんだけど、倒れていないか早く見に行って下さいと催促してきたのは妖精さんだ。

「あいつは、お節介ばっかりだな。ちゃんと仕事しろって言っといてくれ。じゃあな」

彼はアパートに向かおうとしたのだけれど……。

「待って下さい」

慌ててその背中を呼び止めると、面倒臭そうな表情で彼が振り返る。

「何？　やっぱり何かの勧誘？」

「いえ、そうじゃないんですけど……。あの、僭越なことを言いますから、気に障ったらごめんなさい。そんな食生活じゃ駄目ですよ。インスタントとスナック菓子しか入ってないじゃないですか」

好き嫌いを怒られる子どもみたいに、彼は困ったような顔を見せた。

「暑くなると食欲が湧《わ》かないんだ。コンビニ弁当にも飽きちまったし、空腹が紛れりや、何でも一緒だ」

サンダルから覗く足の指も、コンビニの袋を持つ指先や手首も、シャツの合間に見える鎖骨だって、今にも折れそうなのに……。

「夏だからこそ食べなきゃ駄目です。食欲がなくても、きちんと栄養のバランスを考えて食事を取って下さい。倒れちゃいますよ」

疲れたような苦笑いが彼の顔に浮かぶ。

「どの口がそんなこと言うんだよ。お前も人のこと言えないぐらい痩せてんだろ」

「私のは体質です」

「それを言うなら俺もだ」

嘘だ。騙されるものか。

あなたは無気力になって、ろくに食事をしていないだけじゃないか。

その時、手提げバッグの中で携帯電話が着信音を鳴らした。せっかく館長さんと会話をしているのだし、無視しようとしたのだけれど、

「鳴ってるぞ」

ほかならぬ彼に促されてしまい、確認しないわけにはいかなくなった。

バッグから携帯を取り出すと、凜《りん》からのメールを受信していた。

メールなら後で確認すれば良い。マナーモードに切り替えたところで、
「ウサギ好きは、お節介な奴が多いな」
そんな言葉を呟《つぶや》いて、館長さんはアパートに帰ってしまった。
携帯電話を閉じたところで彼の言葉の意味に気付く。私の携帯には、昔、真奈から
プレゼントされたプラスチック製の透明なウサギのストラップがついていた。これを
見て、何か思うところでもあったのだろうか。
それから。
私はアパートに入っていく後ろ姿を見送り、その直後についた灯りで、予期せずし
て彼の部屋を知ることになる。
あと一回勇気を奮えば、どう考えても無理目だった恋が動くかもしれない。とうと
う、そんなところまで辿り着いてしまった。

翌日。
たっぷりと睡眠時間を取り、前日の疲れを十分にリフレッシュした身体で、再度の
覚悟を決める。
あれだけ食習慣がめちゃくちゃな人を放っておきたくないし、彼の力になりたかっ

た。彼のために出来ることを何でも良いからしてあげたかった。

恋の力は凄い。昨日、あんなに長時間を炎天下で過ごし、体力も限界まですり減らしていたはずなのに、びっくりするぐらい身体に力がみなぎっていた。

スーパーで両手いっぱいに食材を買い込み、決戦のアパートを目指す。

私は男の人に自分から告白した経験がない。二十八年の人生で、過去に二人の男性とお付き合いをしたことがあるけど、どちらも告白されるまで相手の気持ちにまったく気付かなかったという、筋金入りの鈍感女だ。こんなプチ告白みたいなことを実行に移す日がくるなんて驚きだけど、今、勇気を奮えなければ絶対に後悔する。

思い切ってチャイムを押し、呼吸を止めて反応を待つ。

どうしよう。押しちゃったけど、本当に良かったのかな……。


三十秒ほど震えていたら、ロックを外す音が聞こえ、玄関の扉がゆっくりと開いていった。現れた館長さんは、少しだけ寝癖で髪が撥《は》ねていて、無精髭《ぶしょうひげ》を生やしていた。眼鏡も外しているし、寝ているところを起こしてしまったのだろうか。

「おはようございます」

不審人物でも眺めるように、館長さんは私を上から下まで見つめて。

「……ああ。昨日のお前か」

眠たそうな声で、そう言った。

「ごめんなさい。寝てましたか？」

「いや、もう朝だし起きるけどな」

「朝っていうか、午後二時ですよ？」

勇気を出して突っ込みを入れてみたのだが、

「まだ朝じゃねえか。太陽が昇っている間は眩《まぶ》しくてやる気が出ねえんだ」

返ってきたのは相変わらずのフリーダムな回答。

ここまで芯《しん》が通っていると、いっそ清々《すがすが》しい。

「で、何の用だ？」

「差し入れを持ってきたんです。ほら、昨日も館長さん、まともな食事をしていなかったみたいだし、心配になっちゃって。これ、良かったら食べて下さい」

スーパーの袋を差し出したのだが、その中を覗き、館長さんの表情が曇る。

「悪いけど、俺、さっぱり料理出来ねえんだ。受け取っても腐らすだけだわ」

今、勇気を奮えば良いのだ。そう思った。

恋愛経験の少ない私でも、それくらいならば分かる。館長さんの本心は見えないけど、露骨に嫌がられているわけでもなさそうだ。

「良かったら、お作りしましょうか？　というか、ここに押しかけた時点で下心も見透かされているような気がしますのでカミングアウトしますけど、最初からそのつもりだったんです」

館長さんは無表情に私の顔を見つめた後で、部屋を振り返る。

「つっても人が入れるような家じゃねえんだよな」

「私、家事って得意なんです。ご迷惑じゃなければ、お掃除も手伝いますよ」

「お前、聖者みたいだな」

理解出来ないとでも言いたげな視線が向けられる。

「あわよくばという下心があるので、館長さんの評価は過分です」

「どうでも良いけど、その『館長さん』っていうの、やめてくんねえかな」

「じゃあ、舞原さんとお呼びして良いですか？」

「好きにしてくれ」

「じゃあ、舞原さん」

部屋の中を指差す。

「お部屋に、お邪魔したいです。出来たら掃除だけでも手伝わせて下さい」

根負けしたのか、彼は長い溜息をついた。それから、髪をかき上げ、

「本当に汚れてるから、嫌になったら帰れよ」

面倒臭そうに言い残して、部屋の中へと戻っていった。

丁寧に靴を揃えてから彼の後を追い、埃《ほこり》っぽい廊下を進んでいく。

きっと、舞原さんは起きたばかりで、よく頭が回っていなかったのだろうけど、勇気って奮ってみるものだと思う。まさか、こうやって本当にお邪魔出来るとは思わなかった。

振り返ってみれば。

多分、この時、ようやく本当の意味で、私と舞原さんの物語は始まったのだろう。

私が舞原さんを好きになった背景には、彼が想像もしていない、ある一つの秘密がある。だからこそ、この恋を運命と断じるには、私の中に後ろめたさも存在しているのだが、何処か厭世的《えんせいてき》な彼に惹かれてしまったことは嘘じゃないし、不器用なりに彼を幸せにしたいと願ってしまったこともまた、真実でしかない。

舞原葵依さんと、私、結城《ゆうき》佳帆《かほ》の物語は、ようやく始まったばかりだ。

6

真奈《まな》が軽蔑《けいべつ》の眼差しをこちらに向けていた。

嫉妬《しっと》と怨念《おんねん》に満ちた、そんな表情。

「信じらんない。真奈を置いて司書の家に遊びに行ったただなんて、お姉ちゃんの変態！　ケダモノ！　発情期！」

昂然《こうぜん》たる態度で、真奈はクッションを全力で投げつけてくる。

「男の家にホイホイ上がり込むような、そんな娘に育てた覚えはありません！」

家事もしないニートのくせに、どの口がそんなことを言うのだろう。

「ねえ、真奈。落ち着いてお姉ちゃんの話を聞いて」

「断固、対話を拒否する。徹底抗戦だ。我々は資本主義には屈しないのだ」

「真奈も、もう十七歳でしょ？　彼氏だって、いてもおかしくない年齢じゃない」

真奈はバッと私に抱きついてきた。この季節の人肌は、じめっとしていていつも以上に暑苦しい。

「彼氏なんていらないもん」

「好きな人が出来たら、きっと世界が開けるよ？」

「真奈は一生、このアパートで生きていくから心配いりません！」

なんて意志の強い引きこもりなんだろう。

「私だっていつまでも元気でいられる保証はないんだよ？　お姉ちゃんが何かの事故で死んじゃったりしたら、どうするの？　真奈、一人で生きていける？」

「そんなの嫌！　私はお姉ちゃんの手紙なんて読みたくない！」

毎年、三月九日になると、私たちはお互いへの手紙を書く。真奈はその手紙を入れた缶をテレビラックから取り出し、私に向かって突き出してきた。

「お姉ちゃんは私より長生きしないと駄目なの！」

そんなこと言われても、私の方が随分と年上なんだけど。

「それに、もしもお姉ちゃんが先に死んじゃったら、真奈も後を追って死ぬもん」

「そんなの駄目に決まってるでしょ。私たちはお父さんとお母さんの分まで長生きしようねって約束したじゃない」

「先に死ぬって言ったのはお姉ちゃんじゃん」

「たとえ話でしょ」

「真奈もたとえ話だもん」

「あんたのは比喩《ひゆ》じゃなくて、開き直りって言うの」

　真奈は口を尖らせて反論しようとしたが、思いつかなかったのか、両の口の端を上げて、猫みたいな笑みを浮かべた。真奈がこの表情を見せるのは、都合の悪いことから逃げて、話を無理やり変えようとしている時だ。

「で、どうなったの？　司書とは？」

　やはり、お得意の話題転換か。今日も今日とて溜息が零れ落ちる。いつになったら逃げるのをやめてくれるんだろう。私はつい甘やかしてしまうけど、本当はこんな風に接していちゃ駄目なんじゃないだろうか。

　まあ、今は一先《ひとま》ず、今日の話をしてみようと思うけどさ。

7

　舞原葵依《まいばらあおい》さんの自宅は、魔境というか、闇の巣窟《そうくつ》というか、まあ、要するに物凄く散らかっていた。

匂いには敏感らしく、コンビニ弁当などの容器は綺麗に洗われているし、水回りも清潔なのだが、そこから先がカオスだった。要するに後片付けが出来ない上に、物を捨てるという習慣がないのだろう。

雑誌、弁当の空ケース、品を取り出した後のあらゆる空箱、クリーニングに出した衣類、種々様々な物体が無作為に放置されている。どうしてゴミを捨てないんですかと尋ねてみると、分別の仕方が分からなくて、明らかな燃えるゴミ以外は捨てられなかったとのことだった。

そんなわけで、私は料理を作りに来たのだが、最初の仕事は掃除と相成った。舞原さんの確認を取りながら要らない物を分別していき、キッチンスペースを埋めている物の四分の三ほどを、ゴミ出しの曜日別にまとめた。

次にリビングに散乱した衣類に向かうことにする。クリーニング屋さんに定期的に取りに来てもらうらしく、清潔な状態ではあるのだが、そこら中に投げっぱなしなので、せっかくかけてもらったアイロンの意味が霧散している。足の踏み場がない最大の要因は、整理整頓《せいとん》が出来ていないことで間違いなかった。

立派なワードローブがあるのにどうして片付けないんだろう。そんな疑問を抱いたところで、一つの現実を突きつけられる。舞原さんが洋服を収納しない理由。それは、ワードローブの中を女性物の衣類が占めていたからだった。私は概況しか知らないけど、四年前に失踪したという妻の洋服なのだろう。そして、一度、気付いてしまえば、彼女の痕跡《こんせき》は様々な場所に転がっていた。

洗面台に立てられた二本の歯ブラシ、埃を被《かぶ》った化粧水、リビングの壁に無造作に掛けられている四年前のカレンダー。

失踪した彼の妻は、今でも彼の中で深く、静かに、呼吸を続けているのだ。


テレビラックの上に埃を被ったレンタル用のＤＶＤを発見し、手に取ってみると、随分と古いミュージカル映画だった。

『シェルブールの雨傘』

あれは何年前だろう。あまり思い出したくないのだが、かつての恋人とリバイバル上映を観に行ったことがある。

ミュージカルが肌に合わなかったのか、彼は映画の途中で煙草《たばこ》を吸いたいと言って退出し、エンディングを迎えた後で携帯に電話をすると、近所でパチンコを打っていた。当たり始めたところだから少し時間をくれと言われ、その後、私は三時間以上も白煙と騒音の中で彼を待つことになる。

せっかく映画の繊細な結末に色々と思うところがあったのに、感傷的なすべてはあっという間に台無しになってしまう。思えば、私が元彼に愛想をつかしたのも、あの頃だったのかもしれない。

しこりのように残る過去の後悔を思い出しながら、ケースに挟み込まれたレシートに目を落とすと、返却期限は四年前の日付になっていた。店舗の住所も聞いたことのない地名だ。

「これ、随分と返却期日を過ぎてますよね。返さなくて良いんですか？」

「途中までしか観てなくて、結局、買い取ったんだ」

買い取るぐらいなら最後まで観て返却すれば良いのに。そう思ったところで、語られなかった背景に気付いてしまう。舞原さんは奥さんと一緒に、この映画を途中まで観ていたのだ。そして、きっと、その続きを彼女と一緒に観るために……。

心が軋《きし》むのは突きつけられた現実のせいだけじゃない。

彼の残酷な日常を目の当たりにし、やりきれない想いに胸が締め付けられていくようだった。

部屋の掃除を終えると、時刻は午後六時を回っていた。

「そういやこんな家だったな」

随分と小奇麗になったリビングの中央で、舞原さんがポツリと呟く。

自堕落な生き方は甘えだと思うけど、ゴミの捨て方も知らなかったように、彼はただ不器用なだけなのだ。妻のいない世界を、どうやって生きていけば良いのか。それが彼には分からなかった。

「突然、家に訪ねて来るような女だし、どっか病んでんじゃねえかと思ったけど、お前、意外と普通の女だったな」

褒められているんだろうか。それとも遠まわしに皮肉を言われているのだろうか。未だに迷惑がられている気もしないでもないのだが、彼の表情からは判断がつかない。


お湯を沸かし、ティーポットと茶葉を用意した。

夕食を作る前の小休止に紅茶を二人分淹《い》れ、掃除をしている時に見つけた小物をテーブルの上に置く。それを見て、一瞬で彼の両目が細くなった。

「これ、落ちてましたよ。可愛いですね」

私が見つけたのは、小さなウサギのガラス細工。

「それ、ずっと探してたんだ。何処に？」

「洗濯機の横です」

「そっか……。何でそんなところに落ちたんだろう」

彼はそのガラス細工を手に取り、差し込んでくる西日に翳《かざ》す。日差しを受けて、透明なボディが屈折した光を放っていた。

昨日、私の携帯電話のストラップにも反応していたし、もしかしたら、真奈《まな》と一緒で彼もウサギが好きなのだろうか。

子どもみたいな目をする舞原さんも素敵だな。彼を見つめながら、そんなことを思っていたら、急にこちらを向いた彼と目が合った。不意打ちをされると心臓が止まりそうになる。

「お前も腹減ってるだろ。借りを作るのも癪《しゃく》だしな。何か出来合いの飯でも買ってきてやるよ」

「あ、でも、結構、食材を買い込んできちゃったんです。だから……」

「疲れた顔してんじゃねえか。強がってんじゃねえよ。休んで待ってろ」

咄嗟《とっさ》に言葉を返そうとした私を制し、舞原さんは財布を摑《つか》むと部屋から出て行ってしまった。

茜色《あかねいろ》の夕日が差し込む、西向きのリビング。

心地《ここち》好《よ》い疲労感と、わずかかもしれないが、彼との距離を縮められたかもしれないという精神的な充足が、眠気を運んできた。

少しだけ目を閉じても良いだろうか。

彼が帰って来るまでの短い間なら、瞼《まぶた》を下ろしても許されるだろうか。

貧乏人の私には、もったいないほど柔らかなソファーの上で、気付けば意識は眠りの中へと引き込まれていった。


もう人を好きになることなんてないかもしれないな。

そんなことを思ったのは凜《りん》と出会う前のことだから、もう六年以上も前の話だ。

二十歳の頃、言い寄られる形で当時の上司と付き合い始めたのだが、お互いの関係における緊張感がなくなった後で、彼はどんどん幼稚さを増していった。束縛が激しく、我がままで、会話の大半を愚痴が占めるようになる。

元彼は恋人のプライベートを完全に把握していないと安心出来ない性質《たち》で、私は当時あらゆるタイミングでの連絡を強要されていた。

それだけでも十分過ぎるほどのストレスだったが、彼は私にべったりと懐く真奈のことも快く思っていなかった。

数ヶ月付き合った後で耐え切れなくなり、別れ話を切り出したのだが、彼は認めてくれず、散々つきまとわれたあげく、最終的に私が会社を辞めることで、ようやく決別を認めてもらえることになった。

最後の方の泥沼の関係は、今でも思い出しただけでゾッとする。

付き合い始めの頃を思い出してみても、楽しい記憶なんてほとんどない。浅薄な自分の招いた結果だから、一概に彼を責めるのは都合が良過ぎるとも分かっている。だけど、こんなに嫌な思いをするぐらいなら、もう恋愛なんてしなくて良いやと思ったことも、どうしようもないまでに本当のことだ。

今の会社に中途採用になり、同僚に色のある声をかけられることもなかったわけじゃないけど、二度と職場恋愛はしないと決めている。合コンなんかに出会いを求めるのも嫌だったし、休日はいつだって真奈と一緒だ。

考えてみれば、もう何年も私が恋をするきっかけなんて日常に転がっているはずもなかったのだろう。

……あれ？　今、何時なのかな？　今日は休日だったっけ？

薄目を開け、広がった光景に見覚えがない。

少しだけ首を動かすと、視界に入ってきたのは、窓辺を見つめる好きな人の横顔だった。彼の視線の先にはウサギのガラス細工がある。

彼は物憂げな瞳でそれを見つめたまま、微動だにしない。何だか思いつめたような眼差しにも見えるけど、大切な思い出の品だったりするのだろうか。真奈もウサギが好きだったし、やっぱり舞原さんには何処か似たような空気を感じてしまう。

身体を起こそうとしたところで、肩に掛けられていたブランケットが滑り落ちた。寝ている私が風邪《かぜ》をひかないよう、彼が掛けてくれたのだろう。

ブランケットの落ちる音で、舞原さんがこちらに気付いた。

「眠れたか？」

曖昧に頷きながら、掛け時計を探す。時刻は……九時を回っている。何てことだ。私は三時間近くも眠ってしまったのだ。

「すみません。私、つい……」

「腹減ったろ。ちょっと待ってろ。今、弁当をレンジで温めるから」

「でも、こんなに遅くまで」

「ああ。親も心配するか」

立ち上がりかけた彼の動きが止まる。

「いえ、両親は小さい頃に死んでいます。それに、そういうことじゃなくて、こんなに遅くまでお邪魔してたら、ご迷惑じゃないですか？」

彼の鋭い双眸に見つめられ、背筋に緊張が走る。

私は彼よりも容姿の整った男の人を知らないから、見つめられると焦ってしまう。

格好良い人に目を奪われるとか、そういう平均的な感性を持ち合わせてはいない女だと思っていたけど、どうやら勘違いだったらしい。

「つーか、帰りたいなら、そう言えよ。引き止める気もねえからよ。ああ、弁当だけは持って帰れよな」

そう言って、舞原さんはキッチンに向かって歩き出し、

「待って下さい！」

その背中を思わず呼び止めてしまった。

「ここで食べて行きたいです。……迷惑じゃないなら」

慌ててそう続けた私に、彼は皮肉っぽい溜息をつく。

「女は面倒くせえな」

そんな言葉を残して彼が扉の向こうに消え、私は強く鼓動を打つ心臓を押さえた。

鬱陶しがられているだけだとしても、許されるならばあと少しだけ、彼の傍《そば》にいたかった。舞原さんのことを、もっと知りたい。奥さんの話だって聞いてみたい。そんなことを聞いたら、彼の逆鱗《げきりん》に触れてしまうかもしれないけど、少なくともこの恋は私が動かない限り前進しない。

舞原さんは緑茶のペットボトルと温めたお弁当を二つずつ持ってきて、片方を自分の手元に置いた。えーと、これって一緒に食べるために、私が起きるのを待っていてくれたってことだよね。

不意に遭遇した思いやりに感動し、お弁当を前に固まってしまう。

「食わねえのかよ」

しごく当然の突っ込みを入れられ、慌てて首を横に振った。

「いえ。ありがとうございます。頂きます」

本当に些細《ささい》なことなのに、物凄く嬉しかった。顔、火照ってるような気がする。垣《かい》間見《まみ》えた思いやりに、胸がギュッと締め付けられていた。

お弁当を食べ終えた後。

「あの……時間が遅くなっても良いようでしたら、買ってきた食材でカレーを作っても良いですか？　冷凍しておけば日持ちもしますし、野菜は使い切れないと思いますけど、中途半端な残り物は私が持って帰れますし」

「……お前って不思議な女だな」

「そうですか？」

どうして彼がそんなことを言い出したのか分からない。

「下心あるって言ってたろ？」

「はい」

「こんなこと自分で言うと馬鹿みたいだけど、時々あるんだ。星乃叶《ほのか》もそうだけど、うちの一族は容姿に恵まれた奴が多いからな。軽い気持ちで言い寄ってくる女は、昔からいた」

「あの、不意打ちだったんですけど、逢坂《あいざか》さんは親戚なんですか？」

「遠縁だけどな」

でも、それで納得がいった。これまでの人生で出会った、五指に入る容姿端麗な男女が同じ職場にいた理由。同じ血を引いているというのも、二人の俗世から乖離《かいり》した容姿を知っているだけに、何だか妙に納得出来てしまう。

「星乃叶も利用者に声をかけられることがあるんだけど、あれって、こっちからしたら怖いんだ。自分に好意を示す人間が、必ずしも善意を抱いてるとは限らないからな。心の中で何を考えているかなんて分かったもんじゃない」

「私も一緒ですよ」

「お前は違うよ。上手く言えないけど、怖くないんだ」

予期せぬ方向から答えが返ってきた。

「こんな風に突然、押しかけて来るような女なのにな」

「すみません。我ながら非常識だと思います」

小さな苦笑と共に、舞原さんは私から目を逸らす。それから、

「なんつーか、久しぶりに安心出来たんだ」

囁《ささや》くように、そう告げた。

琴線みたいなものがあるとして、今、それに触れられたと思った。

この部屋に上がり込んでから、ずっと、自分がどう思われているのか怖かったのに。苛立《いらだ》たせているのかもしれないと不安だったのに。安心出来るとか、まさかそんなことを言われるなんて夢にも思っていなかった。

どうしよう。油断をすると泣いてしまいそうだ……。

何か言葉を返さなきゃいけない。

確信出来るような理由なんてないけど、それでも何かを伝えるとしたら……。

「もしかしたら、あなたを振り向かせようとは思っていないからかもしれませんね」

「そうなのか？」

こんな風にアグレッシブに押しかけておいて、そんなことを言われても、私が舞原さんの立場なら信じられないだろう。でも、それは偽らざる本音だった。

「舞原さんのことが知りたかったんです。どんな人なのかなって、どんなことを考えていて、どんな風に生きているのか。私は知ってみたかった」

彼の戸惑うような眼差しは変わらない。

「やっぱりお前は変わってるよ。よく知ってるわけじゃねえけど、見た目だけで近付いてきたような女には見えねえや」

彼の推測は多分、半分だけ正しい。

小さく笑ってみた。

「私なんか何処にでもいる、普通の恋に焦がれる女ですよ。会ったその時から、あなたを好きになるような気がしましたし、こんな出会い、奇跡でもなきゃ有り得ないって、心の何処かで思ってます」

「運命論者はいつだって身勝手だけどな」

「そうですね。私もそう思います」

でも、あなたに会った時、そういう特別な何かを感じてしまったのだ。

あの時、私は本当に未来が変わる気がした。


キッチンを借りて、カレーとコブサラダを作った。

舞原さんの栄養の偏りを妖精さんも憂慮していたし、作ったのは野菜をたっぷり入れた辛口のカレーだ。お口に合えば良いんだけどな。

一通り料理を作り終え、一食分を鍋《なべ》に残して、冷凍庫に保存した後、洗い物を終えて帰宅することにする。随分と遅くまでお邪魔してしまった。

「家は近いのか？」

「自転車で十分かからないくらいですね」

また、ご飯を作りに来ても良いですか？　そんな質問をしてみたいけど。出来ればメールアドレスの交換とかもしてみたいけど。でも、そんなことよりも先に、私には聞かなければならないことがある。

いつ泣き出してしまっても良いように、玄関でスニーカーを履いてから、見送りに立ってくれた彼に告げた。

「最後に一つ、舞原さんに聞きたいことがあるんです」

私は舞原さんを好きになってしまったけど、世の中にはきっと、どうやったって届かない想いがある。愛することさえ許されない恋だってある。だから、私はそれを確認したかった。自分の感情を制御出来なくなるほど好きになってしまう前に、あなたの口から聞きたかった。

ワードローブの彼女の洋服。

二つ並んだ洗面台の歯ブラシと、彼女の化粧水。

日に褪せた四年前のカレンダー。

返却出来なかった『シェルブールの雨傘』。

この家に彼女の匂いが散らばっているからこそ、彼の口から聞いておきたい。

「奥さんのことを今でも愛していますか？」

一瞬で嫌われてしまうかもしれない。そんな覚悟まで決めて口にした言葉だった。

彼は私に妻のことを話していないし、私も聞き知っているなんて素振りは一度も見せていない。だからこそ、彼にとっても不意打ちの言葉だったのだろうけど……。

「……雪蛍《ゆきほ》のこと、知ってたんだな」

彼が漏らした言葉は、何処までも穏やかなものだった。

「楠木《くすのき》さんから少しだけ事情を聞きました」

彼女から彼の奥さんの話を聞いていなかったとしても、この家の掃除を手伝えば、嫌でも女性の影は目に入ったことだろう。だけど、私はその影が彼の最愛の妻のものであることを既に聞き知っている。手の中にあるカードを晒《さら》さずに、彼の心中だけを測る行為は不誠実であると思った。

「俺を振り向かせようと思っていないってのは、そういうことか？」

「あなたが、あなたの望む形で、幸せになって欲しいと思いますから」

舞原さんはうつむいてしまう。彼は背が高いし、玄関に立つ私は見上げるような格好になっているが、それでもその前髪が彼の表情を完全に隠してしまった。

長い沈黙の後で、

「……多分。あいつはもう死んでる」

かすれた言葉と共に、一粒の雫《しずく》が床で弾けた。

「あいつは……雪蛍っていうんだけど、雪蛍は俺の半分だったんだ。基本的な人間らしさを欠落して生まれてきちまった俺の、半分の欠片《かけら》だったんだよ」

私は情熱的な恋をしたことがないけれど、深く、重く、愛に満ちた想いだと思った。海よりも深いとか、空よりも高いとか、そういう想いだった。

「あいつがいてくれればそれで良かったのに。あいつのためなら死んだって良かったのに。どうして俺だけ残されちまったんだろうな」

今、この人を抱き締めたいと思ってしまった。

弱くて、脆《もろ》くて、どうしようもないほどに不器用なこの人を、私が抱き締めてあげたい。だけど、それは許されない。妻でない私には、彼に触れる権利もない。

それでも、一つだけ。

「私は事情をよく知りませんけど、一緒に願っても良いですか？」

眼鏡の向こうで涙に濡れていた赤い目が私を捉える。

「奥さん、見つかって欲しいです。もう一度、大切な人と舞原さんが幸せになって欲しいです」

今日一日、この部屋で過ごした私には、はっきりと分かる。

雪蛍さんがこの家に住んでいたことはないのに、間違いなくここには彼女の温《ぬく》もりがある。彼女の欠片が散らばっていて、いつ帰ってきても良いようになっている。

愛が深く永遠なるものであったら良い。舞原さんが愛に深い人で、そういう人を好きになれたのであれば、私はそれだけで十分に幸せ者だろう。

「話してくれてありがとうございます。私に出来ることはないかもしれませんけど、でも、応援しています。舞原さんと雪蛍さんが幸せになれるよう、私にもどうか願わせて下さい」

彼の唇が何かを言おうと動いて、でも、何も聞こえてはこなかった。

「遅くまで、申し訳ありませんでした」

最後に一言だけ、胸の一番柔らかい場所にある言葉を伝えよう。

「舞原さん。あなたを好きになれて幸せでした」

うつむいたままの彼にそれを告げ、深く礼をしてから立ち去った。

さようなら、舞原葵依さん。

私なんかと出会ってくれて、ありがとうございました。

好きになったのが、あなたのような人で嬉しかったです。
どうか、あなたと雪蛍さんがもう一度、手を取り合って微笑み合えますように。
私は、そう強く願おうと思うんです。

第三話
雪見月夜

1

気付けば季節は巡り、半年が過ぎていた。

年の瀬が迫り、仕事に忙殺される慌ただしい日々の中で、少しずつ舞原葵依《まいばらあおい》さんのことを思い出す時間も減ってきたように思う。

もう、彼は雪蛍《ゆきほ》さんと再会出来ただろうか。それとも、今も一人きりで彼女の帰りを待っているのだろうか。

凜《りん》の楽しそうなデートの話を聞けば、やっぱり羨ましくなるし、一人身の寂しさを思い知ったりもするけど、これも私の選んだ人生だ。

年をまたいだら二十九歳になる。このまま歳月を重ね、一人で生きていくのかもしれないと思うと切なくもなるが、お見合いの話を上司に持ちかけられても、そこまでして結婚したいとも思わない。私はそんな人間だった。

私には実家がないから、お正月に帰省する場所も予定もない。

仕事も年末年始はお休みだし、さて、どうしよう。贅沢出来るほどの余裕もないから、やっぱり読書だろうか。

彼の自宅を訪問してから後、私は一度も舞原私立図書館を訪れていない。久しぶりに遊びに行ったら、どんな顔をされるだろう。近況も気になるし、正直な胸の内と向き合ってみれば、舞原さんと会いたい気持ちもやっぱりある。

とは言っても、時間があけばあくほど、会いに行く為《ため》の勇気が、より必要になる。それを知っていれば、せめて図書館に本を借りに行くぐらいはしておいたんだけど、ずるずると気持ちだけ引きずって、この有様だ。

会いたくても、ただ会いたいだけだから、勇気が必要なのだろう。

言い訳がないから臆病《おくびょう》になってしまう。楠木《くすのき》さんも、逢坂《あいざか》さんも、それこそ舞原さんだって、きっと私のことなんて何とも思っていないだろうけど、気になってしまうのだ。我ながらチキンで情けない。

お正月休みまでは、あと二日。

その日までに自分の気持ちに結論を下せたら良いのだけれど……。

2

半年前の梅雨時のことだ。

司書さんの家に遊びに行ったことを告げて以来、真奈《まな》は私の行動に、より過敏に反応するようになった。

前の彼氏と付き合っていた頃、彼の束縛のせいで、随分と真奈に寂しい思いや嫌な思いをさせてしまったし、そういう意味では、真奈の不安は私のせいでもあるのだが、たった一人の家族に応援してもらえないのは悲しい。

相談に乗ってよと、何度か真奈に持ち掛けてみたのだが、拒否反応を見せるばかりで、姉離れ&引きこもり脱却への道は前途多難だった。「振られちゃえ」とか「目を覚ませ」とか、真奈が私にかけてくる言葉は、いつだって残酷なまでにシンプルである。

そんな平行線の日々を経て。

悩んだ挙句、迷惑をかけるのが嫌だから、もう司書さんと会っていないことを告げると、真奈の態度は一変した。それまでは私が振られるよう願い続けていたくせに、途端に私の味方に付いたのだ。

「お姉ちゃんの魅力が分からない男は死ね」とか「お姉ちゃんの心を弄《もてあそ》ぶような奴が働く図書館は潰れてしまえ」なんて言いながら、彼は真奈にとって別の意味で敵意の対象となってしまった。姉の恋が上手くいかないと知った途端、現金なものである。

それから、私の感情に配慮してくれているのか、真奈は司書さんの話をしないようになった。図書館から本を借りてきてとも、ねだらなくなった。お姉ちゃん思いの優しい妹なのである。

お正月休みが終わり、通常業務に戻った社内は慌ただしく、年末年始に休んだ分まで忙しさの皺寄《しわよ》せがきている。そして、それは、そんなとある夜の出来事だった。

帰宅して夕食を取り、早々に眠ろうとしたのだが、

「真奈と一緒に寝たかったんだろ？」

倒錯した言葉と共に、妹に抱きつかれた。

秋口から真奈は自分の布団を敷かず、当たり前のような顔で、毎日、私の毛布の下に潜り込んでくる。寝顔を見られるのも嫌だし、私は真奈に背を向けて寝ているのだが、真奈は後ろから抱きついてきたり、私の手を握ったりして、いつもぴったりとくっついてこようとする。

明日も早いし、無視して寝よう。真奈を相手にせずに眠りについたのだが、気が付くと、肩を揺すられて起こされていた。

目覚まし時計に目をやると、時刻は深夜二時半。

熟睡状態から無理やり起こされたせいで意識が朦朧《もうろう》としている。寝返りを打つと、笑顔で真奈が私を見つめていた。

「……何？」

「お姉ちゃん、真奈と一緒にトイレに行きたかったんでしょ？」

この子は真夜中に姉を起こして、何を言っているんだろう……。

「まったくお姉ちゃんはしょうがないなー。そんなに言うなら、一緒に行ってあげても良いよ？」

「……あんた、日中、怖いテレビ番組を見たでしょ」

「早くトイレ行こうよ」

私の言葉を無視して、真奈は言葉を続ける。

せっかく熟睡してたのに……。

季節は真冬だ。布団から出ただけで、驚くほどに身体が冷える。歩いて五秒のお手洗いまで同行し、その後、速攻で布団に逃げ込んだ。そして、目を閉じるより早く、背中に張り付いてきた真奈に再び問いかけられる。

「お姉ちゃん、今でも司書の奴と会いたい？」

お手洗いまで同行したせいで、中途半端に頭が覚醒《かくせい》していた。

「そりゃね。どうして？」

「別に。ただ聞いてみただけ」

それは嘘だと思った。だって、真奈は私に凄く気を遣ってくれていたじゃないか。

好奇心だけで今更言及してくるとは思えない。

「真奈。もしかして悩みごとでもあるの？」

「……別に、そんなのないよ」

私は普段、仕事以外ではパソコンに触らない。インターネットも同様で、仕事以外の目的では閲覧しない。だから自宅ではほとんどパソコンに触れる機会もないのだが、真奈が何をしているかぐらい把握している。

引きこもり始めてからの真奈は、私が帰宅すると大抵すぐにネットゲームからログアウトしていたが、最近は夜間でもゲームに興じていることが多い。親しい友達が出来て、誘われていたオフ会にでも参加する気になったのだろうか。そんなことを密《ひそ》かに期待していたのだけれど……。

「もしかして仲の良い友達でも出来た？」

「友達なんていらない。お姉ちゃんがいれば良い」

「最近、夜でもよくゲームをしてるよね。オフ会、今も誘われてるんでしょ？　外の世界に出れば、彼氏だって出来るかもしれないよ」

「恋なんて興味ない。お姉ちゃんだって傷ついてばっかりじゃん」

痛いところを突いてくるな。

「でも、真奈も悩んでるんでしょ？　司書さんの話を聞いてきたのだって……」

「それ以上言わないで」

真奈の額だろうか。それが背中に当てられた。

「お姉ちゃんはいつでも真奈の味方だからね。何でも相談して良いんだよ」

「もう寝る」

嘘っぽい寝息が背中から聞こえてきた。

真奈が外の世界への一歩を踏み出して、普通に友達を作ってくれれば、それだけで私は十分幸せなのに。もう一年半以上、真奈は引きこもったままだ。

どうすれば引きこもりから脱却出来るんだろう。まるで妹の力になれていない無力な自分が、心底恨めしかった。

やらないで後悔するより、やって後悔しよう。そんな風に割り切れたわけじゃないけど、悩むことに疲れ、結局、私は半ば投げやりに決断を下した。

もう良いや。会ってから考えよう。最悪でも塞《ふさ》がりかけた傷口が開くだけだ。

3

年明け、週末の休日。

躊躇いを払拭《ふっしょく》するかのような晴天に恵まれ、自転車で舞原《まいばら》私立図書館へと向かう。

半年振りの訪問だが、少なくとも図書館の外観に変わった様子はない。

楠木《くすのき》さんや逢坂《あいざか》さんも元気に働いているだろうか。私のことを覚えていてくれたら良いんだけど、忘れられていたら、それはそれで悲しい。

理由の判然としない緊張感に包まれながら、館内に足を踏み入れる。

視線と心をカウンター方面に奪われたまま書架の間を散策していたら、

「あ。佳帆《かほ》さんだ」

嬉しそうな声が耳に届き、振り返ると逢坂さんが手を振っていた。

相変わらず妖精みたいに可愛い。そして、私に気を取られて手を振るものだから、抱えていた図書が彼女の腕から床にバサバサと落ちていった。慌ててそれを拾う様子も愛くるしい。

てか、冬だからかもしれないけど、この子の肌は新雪みたいに白くて綺麗だ。

一体、何歳なんだろう。

「佳帆さん、元気にしてましたか?」

「元気ですよ。逢坂さんも風邪とかひいてないですか?」

「はい。私も元気です」

笑顔で頷き、彼女は言葉を続ける。

「聞いて下さい。この前、アルバイト代が貯まったので、パパとママと一緒に遊園地に行ってきたんです。佳帆さんは遊園地って好きですか?」

残念ながら、私には修学旅行以外でテーマパークに入園した経験がない。一度くらい真奈《まな》と遊びに行ってみたいと思っていたのだけれど。

「夜のパレードが凄く綺麗だったんです。星空が行進しているみたいなんですよ。あたし、凄く感動しちゃって。また、いつか行きたいので、頑張ってお給料を貯めようと思うんです」

「バイト代を家族のために使うって偉いですね」

「そうですか？」

妖精さんは不思議そうな顔を見せた。

「だって家族が一番大切じゃないですか」

迷いもなく言い切った彼女の笑顔に、心の何処かが軋んだ。

そっか。そうだよな……。

口に出すのは気恥ずかしいけど、私だって一番大切なのは妹だ。妖精さんの気持ちだって痛いほどに理解出来る。

「楠木さんも元気ですか？」

「最近は忙し過ぎてちょっと大変そうです」

妖精さんは楽しそうだもんね。アルバイトと課長では、担う責務と仕事量に随分と差があるのだろう。

私はずっと図書館に課長がいるというのが不思議だった。せっかくの機会だしと思い質問してみると、この図書館にはサービス課と企画管理課があり、職員は全員どちらかに所属しているらしい。妖精さんは楠木さんと同じサービス課なのだそうだ。

　メインカウンターに目をやりながら、勇気を出して聞いてみる。

「館長さんはお元気ですか？」

「うーん。元気ではないと思います」

　そんな答えも予想はしていたけど、実際に聞かされると切なくなる。まだ奥さんは見つかっていないのだろうか。

「館長。もう何ヶ月もお休みされているんです。このままクビになっちゃうんじゃないかって、あたし凄く心配で……」

「こら。利用者さんに内情を暴露し過ぎだよ」

　書架の向こうから澄んだ声が聞こえ、そちらに目をやると楠木さんがいた。隙間から一礼を見せ、本棚を迂回して彼女がやってくる。

「星乃叶《ほのか》ちゃん、ここでお話ししたら利用者さんにご迷惑がかかっちゃうでしょ」

「ごめんなさい」

　シュンとして謝る妖精さんが可愛い。こういう仕草だけ見ていると、中学生にだって見えてしまう。

「お久しぶりですね。結城《ゆうき》さんと前にお話をしたのは……」

「半年前です。すみません。応援して頂いたのに報告もしないで」

彼女は苦笑いを浮かべ、レファレンス・ブースに目をやった。

「時間が許せば、少しお話ししませんか？　ちょうど休憩に入るところだったんです」

「風夏《ふうか》さんズルイ。あたしも佳帆さんとお喋りしたかったのに」

「ごめんね。でも、お仕事はお仕事だから」

楠木さんは妖精さんの頭を撫で、ブースを指差してから、そちらに向かって歩き出した。不満気に口を尖らせる妖精さんに目で謝り、私も後を追う。

レファレンス用の個室ブースに入り、楠木さんと対面で椅子《いす》に腰掛けた。

彼女は以前より痩せたような気もする。疲労や心労でやつれてしまったのだろうか。

「星乃叶ちゃんから館長のことは聞きましたか？」

「何ヶ月も欠勤されていると聞きました」

楠木さんは苦笑いを浮かべる。

「館長の主な仕事は書類の処理ですから、働いてないわけじゃないんですけどね。ネット環境と電話さえあれば、事務連絡は滞りなく済ませられますし、必要な書類も郵送でことが足りています」

「でも、もしかしたら役職を解かれてしまうかもしれないって」

「このままなら、いっそ辞めてしまった方が彼のためなんじゃないかと思うことはあります。ただ、館長がその意思を見せない限り、経営母体の方からNGが出ることはありませんよ。もともと無理やり一族の意向で館長に就任させられていますしね」

「どうして舞原さんは、お仕事に来られなくなってしまったんですか？」

「ということは、本人から何も聞いてないんですね？」

「はい。半年間、お会いしてませんので」

真意を測るように楠木さんは私を見つめ、それから重たそうな口を開いた。

「館長に告白したんですよね？」

「どうして知ってるんですか？」

「本人に聞きましたから」

そういうことを口外するようなタイプには見えなかったし、それはちょっと驚きだ。

「結城さんの告白が館長を変えたんですよ。あなたの真摯《しんし》な想いを知って、彼は逃げることをやめたんです。奥さんの死を認めることが怖くて、館長はずっと現実から目を背けていました。遺体が見つからなければ、いつまでも脆弱《ぜいじゃく》な希望にすがることが出来る」

「でも、実際に彼女は生きているかも……」

「どういう状況で奥さんが行方不明になったのか、話していませんでしたね」

憂いと哀《かな》しみを帯びた眼差しで、楠木さんは言葉を続けていく。

「館長は登山が趣味で、休日になると二人はよく山に登っていたみたいです。四年半前のその日、天気予報が外れ、二人が山間の簡易ログハウスで休憩をしている時に、天候が崩れました。山の天気は変わりやすいと聞きます。あっという間に嵐《あらし》に見舞われ、待つか、下りるか、選択肢を前に二人が選んだのは早めの下山でした。奥さんのお仕事の関係で、帰宅を遅らせることが出来なかったようです」

楠木さんは言葉を選びながら、話を続けていく。

「下山を決めたとはいえ、山道が無事である保証はありません。館長は奥さんをログハウスに残し、一人で道を確認するために下りていったんです。そして、そこで一つのトラブルが起きました。雨のせいで崩れかけていた山道から、足を滑らせて落下してしまったんです。幸い命に別状はなかったのですが、すぐには動けず、雨の中、体温を奪われながら、館長は回復を待ったそうです。やがて活力を取り戻し、痛みに耐えながら、館長は下山を諦めてログハウスへと戻ったのですが、今度は彼女の姿が消えていました」

それは一体どういう……。

「帰って来ない館長の身を案じ、奥さんは一人、嵐の中を捜しに出たのでしょう。そしてそのまま、彼女の消息は途絶えてしまいました。もちろん、懸命な捜索が行われたようですが、四年以上、彼女の足取りは分からないままだったんです」

彼女が失踪した当時の状況を私は知らなかった。だからこそ、もしかしたらまだ彼女は生きているんじゃないかと、安易な希望を口にもした。だけど、嵐の山中で消えた彼女が、生きて帰って来るなんて普通に考えたら……。

「私は彼に何てことを……。事情も知らないくせに無責任な希望を……」

「慰めるつもりで言うわけじゃありませんが、私は良かったと思っています。捜索をしても見つからなかったんだから、何処かで生きている。彼は自分でも信じていない希望にすがって、意味のない毎日を生きていました。それなら、たとえ彼女の心臓に剣を突き刺すことになってしまったとしても、彼を現実に引き戻すべきです」

楠木さんの言うことが分からないわけではない。彼を倦怠感《けんたいかん》に満ちた世界から引き剝《は》がそうとするのであれば、事情を知らない私のような女がその役目を果たすのに相応《ふさわ》しかったのだとも思う。だけど、それにしたって、ずっと目を逸らし続けた世界は彼にとって……。

「館長は、あなたに告白されたことを私に言ってきたんですよ。プライベートを話さず、噂話に一切興味を示さないあの人が、それを言ってきたんです。館長の中で、それだけ重大な変化が起きたということでしょうね」

私が彼に振られたことにも意味はあったということだろうか。

「腹をくくった館長は、しばらく仕事を休むと言ってきました。もう一度、今度は自分の手で、彼女を捜す旅に出るためです。館長だって覚悟はしていたんです。だけど、確証がなかったから、前に進むことも、絶望することも出来なかった。奥さんを失った館長は当時の仕事を辞め、どうしようもない日常の中で、減退する気力と共に、死人のように暮らしていたと聞きます。そして、引きこもり状態になっていた彼を心配した親族が、無理やり私立図書館の館長を任せたんです。彼はこの街に住居を移し、ボロボロの精神状態で社会に戻ってきました。部下から言わせてもらえば、彼は人形のようでした。最低限、やらなきゃいけないことだけをこなす、意思を持たない人形。それが館長だったんです」

そこまで語り、ようやく楠木さんの表情から張り詰めたような緊張が消える。

「奥さんを捜しに行くと言った館長の目に、私は初めて生《せい》を見たような気がしました。ようやく、あの人の意思ある瞳を見たんです。それを呼び起こしてくれたのは、結城さん、あなただったんですよ」

私なんて何の取り柄もない平凡な女なのに、どうして皆そんな風に善意に受け止めてくれるのだろう……。

「館長は毎日、彼女を捜したそうです。雨の日も、風の日も、一人きりで延々と」

想像するだけで眩暈《めまい》を起こしそうだ。死んでいるだろう妻を、必死に捜さなければならない宿命。私なんかが背中を押してしまったせいで彼は……。

「三週間後だったと聞きました」

楠木さんの表情は晴れない。それは、つまり。

「河口付近の茂みで、彼女の遺体を館長は……」

舞原雪蛍《まいばらゆきほ》さんは死んでいた。そして、四年が経過し、ようやく愛する人の元へと帰ることになった。

最愛の妻と再会し、抱き締めることも、直視することも出来ないなんて、あまりにも残酷だ。打ち砕かれた希望と共に手にした結末に、意味なんてあるのだろうか。

「葬儀を終え、ここに帰って来た館長は、まるで死人のようでした。今になれば、その配慮が正しかったという自信もないのですが、見ていられなくて、私が館長に勧めたんです。しばらく休まれては如何《いかが》ですかって」

私だって家族を失った経験はある。愛する妻を亡くした彼の喪失の痛みを想像することは出来る。

「もう四ヶ月になりますが、館長の長いお休みは今も続いています。直接会って判断を仰がなければならない案件もありますし、そういう機会には、食事を届けがてら生存も確認しているんですけどね」

楠木さんがただの世話好きであるという、そんな単純な話ではないのだろう。彼女はもっと同情心とか、情愛に深い人なのだ。そうでなければ、職場の上司のことを、これだけ気にかけたりは出来ない。

「館長が生きていく意志を持っているのか。それが怖いんです。一人の男の妻である私には、これ以上、彼に踏み込むことが出来ません。そうするつもりもありません。だけど、怖くて仕方ないんです」

申し訳なさそうな顔で、でも微かな期待の光を宿した目で、彼女は私を見つめた。

「今まで館長にアプローチをしてきた人たちは、彼の気持ちが自分に向きそうにないと分かると、あっさり離れていってしまいました。でも、あなたは自分が手に入れられないと知った上で、それでも彼の幸せを願ってくれた。そんなあなたになら希望を託してみたいんです」

凛とした声で、それが告げられる。

「結局、人を慰められるのは愛でしょう？　あなたなら彼を救ってくれるかもしれないって、そう期待したいんです」

4

その日も残業に終われ、帰宅したのは日付が変わろうかという時刻だった。

明日も朝は早い。

手早く夕食と入浴を済ませ、翌日に備えて、早めに布団に入ったのだが、すぐに背中に真奈《まな》の温もりを感じた。

「お姉ちゃん。もう寝た？」

うとうとしかけた頃、真奈の少しだけ鼻にかかった声が鼓膜に届く。

「……ギリギリ起きてるよ」

「お姉ちゃん、眼鏡司書のこと、まだ好きなんだよね？」

私たちの間で半年振りにその話題が出たのは、一週間前のことだ。あの日も感じたことだが、最近の真奈は何処かおかしい。

「彼が私を好きだから好きになったわけじゃないもの。脈なんてなくても、そんなの好きじゃなくなる理由にならないよ」

「……そっか」

ギュッと、真奈が私の腕を握り締めてきた。

「真奈。……やっぱり最近、何かあったんでしょ？」

私は背を向けているから、妹の表情は確かめようがない。振り向くのは簡単だけど、もしかしたら、顔を見られていないからこそ話せるのかもしれないし、このままの姿勢でいた方が良いだろうか。

「悩んでいることがあるなら相談に乗るよ」

私の腕を握る真奈の力が強くなる。

やっぱり、きちんと向き合おう。起き上がって灯りをつけると、眩しそうに目を擦りながら、真奈が隣にぴったりと寄り添ってきた。

「真奈。ずっと、話したいことがあったんでしょ？」

「……最近、毎日ギルドの人たちに、オフ会に誘われるの」

えーと、ギルドって何だろう。ネットゲームの話だと思うんだけど。

「一ヶ月くらい前から、毎日のように誰かしらに誘われてて、冬に外出するなんてあり得ないし、適当に断ってたんだけど、本当にしつこくて。一緒に皆でご飯食べに行こうとか、ボウリングに行こうとか、二次会はカラオケにしようとか……」

「真奈はその人たちのことどう思ってるの？」

「えーと。……都合の良い奴？」

容赦なしだな。疑問形なだけマシかもしれないけど。

「誘ってくれている人たちに対して失礼でしょ」

「だって、真奈を庇って死んでくれたりするし、レア・アイテムもくれるし、一人じゃ攻略出来ないゲームだから、仕方なく話を合わせてやってるだけだもん」

「でも、今回は本当に迷っているんでしょ？」

「よく分かんないの。何で真奈なんかに会いたいのか、意味分かんない。だって、今まで散々すっぽかしてるのに、どうして私のこと見捨てないの？」

結局、真奈は不安なんだろうな。

自分に自信がないんだ。こんな自分のことを友達だと思ってくれる人なんているはずがない。そうやって臆病になってる。臆病になることで、それ以上傷つかないよう無意識に予防線を張っている。

「皆が真奈に会いたい気持ちは何となく分かるな」

「どうして？　真奈は嘘つきだし、我がままだし……」

「そういう素直なところが可愛いんだよ」

　真奈は学校で散々、辛い思いをしてきたんだものね。居場所がなくて、友達もいなくて、寂しい思いを沢山したんだよね。そりゃ、臆病にだってなるよ。

　でもね、真奈。安心して。お姉ちゃんだけは、ちゃんと真奈のことを理解しているからね。絶対に味方でいるからね。

「真奈はどうしたいの？」

「分かんない」

「本当はオフ会に参加してみたいって思ってるんじゃないの？」

　真奈は泣きそうな顔で首を大きく横に振る。

「会いたいとか会いたくないとかじゃなくて、会ってがっかりされるのが怖い」

　なんだ。気付いていないだけで、やっぱり、あんたもオフ会に参加したいんだよ。

　だから、幻滅されることが怖くなるんだもの。

　きちんと真奈が友達を作れるかどうかは分からない。

でも、踏み出した勇気の一歩は、絶対に真奈を変えてくれると思う。

だから私は姉として、やっぱり応援したいと思うんだよ。

5

珍しく定時で仕事が終わり、帰宅のための電車に揺られながら、舞原葵依《まいばらあおい》さんのことを想っていた。

彼は飄々《ひょうひょう》としていて、摑みどころがなくて、愛想だってない。だけど、背中で悲鳴をあげているから放っておけなくなる。

とても不器用で弱い人だから、守りたくなる。

私には今、守りたい人がいる。

キャッチアップした半年分の彼の物語を思い描き、舞原さんの住むアパートへと向かった。季節は夏から冬へと移り変わったけど、閑静な住宅街に鎮座するアパートの佇《たたず》まいは、あの日と同じままだ。

悩む妹の背中を押すのはあんなに簡単だったのに、どうして自分のことになると途端に臆病になってしまうんだろう。もしも迷惑な顔をされてしまったら、手土産だけ渡してすぐに帰ろう。逃げ道まで考えて、買い込んだ出来合いのお惣菜《そうざい》を抱え、チャイムを押す。

半年前と変わらず、痛いほどに強く心臓が鼓動を打っている。恋でもしてなきゃ、こんなに苦しい想いを経験することもなかっただろう。

足音が聞こえ、ゆっくりと扉が開いていった。

室内の暖気が逃げてきて、その向こうに呆気《あっけ》に取られたような彼の顔が覗く。

舞原葵依さん……。

もうずっと髪を切っていないのだろう。もともと長かった彼の髪は肩に届かんばかりで、頬がこけ、鋭かった目も、何処か生気を失ったように覚束無い。扉を開けた彼の手に目をやり、その白く骨ばった輪郭に、哀しみすら覚えてしまった。

舞原さんは私を見つめ、苦しそうな表情を見せた後で、うつむいてしまう。

予期せずもたらされた無言を前に、戸惑っていた。

どうしよう。これって、どういうことだろう。彼は今、何かしらの言葉を待っているのだろうか。それとも、追い払いたいのに、その気力すら湧いてこないのだろうか。

「……お久しぶりです」

私の口から零れたのは、ありふれた日常の挨拶で。

「最近、舞原さんの元気がないって聞いて、心配になって。痩せましたか？　駄目ですよ。きちんと食事は取らないと」

出来るだけ平静を装い、うつむく彼を諭すように言葉を続ける。

「差し入れを持って来たんです。置いておきますので、ちゃんと食べて下さいね。じゃあ、私はこれで……」

返ってくる言葉が怖くて、末尾は冬の寒気に溶けてしまった。

玄関の中に手にしていたスーパーの袋を置き、

「それじゃあ、おやすみなさい」

うつむいたままの彼には見えていないだろうけど、一礼をして、そこを立ち去る。

ロビーを出て、自転車小屋まで歩いたところで空を仰いだ。

あんなにも美しく、満月は皓々《こうこう》と照り輝いているのに。

冬の夜風は肌を刺すように冷たくて、心の熱まで奪ってしまう。ほかにやりようがあったとは思わないけど、何も出来なかった自分の無力さに泣きたくもなる。

色々と話題を考えてはいたんだけどな。そもそも会話が始まらないってパターンは想像していなかったよ……。

温かい缶珈琲でも買って、しょんぼり帰るとしようか。

自転車のロックを解除していたら、足音が聞こえてきた。

住人の邪魔になってはいけない。急《せ》かされるように自転車を出したのだが、顔を上げたところで言葉をなくす。

顔は半ば長い髪に隠れているし、薄暗くて表情もよく分からないけど、そこに見えたのは背の高い細身のシルエット。

「……舞原さん」

彼はサンダルをつっかけ、シャツにカーディガンを羽織っただけの薄着姿だ。そんな格好で外に出て来たら、風邪をひいてしまう。

「飯。ありがとう」

久しぶりに聞く彼の声は細くて、風に溶けてしまいそうだ。

「ちゃんと食べて下さいね」

曖昧に笑いながら舞原さんは頷き、それから、

「……少し話せないか？」

意外な言葉が届く。もちろん、それは望むところだ。

「私も、お話をしたいと思ってました」

「じゃあ、部屋にどうぞ」

自転車を戻し、促されるまま、彼の後についていく。

彼の背中は猫背で丸まっているけど、でも、やっぱり大きくて。

その寂しそうな背中を、出来れば暖めてあげたい。私はどうしたって、そんなことを思ってしまう。


案内された彼の部屋は、物が雑然として散らかっていたけど、半年前とは比べ物にならないくらいすっきりして見えた。

調味料しか入っていない冷蔵庫をあけ、申し訳なさそうに頭を掻《か》いた後で、彼は私が買ってきた紅茶のペットボトルを手に取る。

「昔から食事が得意じゃないんだ。何を食べて良いか分からないっていうか、お腹が減ったら寝てしまうっていうか、学生時代からそんな生活だった」

「ご両親が心配されたんじゃないですか？」

「そうかもな。高校に寮があってさ。入学した時から一人暮らしだったんだ。で、よく不摂生が祟《たた》って、倒れて病院に運ばれたりしてた」

「駄目じゃないですか」

乾いたように彼は笑う。

「ああ。駄目なんだよ。昔から、そうなんだ。危機感がなくて、世間に対する甘えがあってさ。本当、俺みたいな駄目人間が館長とか笑えるよ」

「職員の皆さんに感謝をしなきゃですね」

思っていたより、舞原さんの精神状態は落ち着いていた。こうやって会話をしていても、特に不安を感じさせられるようなこともない。家に閉じこもり、廃人のようになっている彼を想像していたのだが、決してそんなことはなかった。

やがて、

「……雪蛍《ゆきほ》を捜しに行ったんだ」

舞原さんは落ち着いた声で、それを告げる。

「結末なんて分かってたつもりだった。でも、人間ってのは自分に甘い生き物なんだな。心の何処かで、ありもしない希望にすがってた」

私は彼の言葉の続きを知っている。その結末を既に知ってしまっている。そして、もしかしたら舞原さんは私が知っていることに気付いているのかもしれないけど、言葉を続けていった。

「どんな形でも良いから、あいつに生きてて欲しかった。だけど駄目だった。雪蛍は死んでいたよ」

楠木《くすのき》さんの言っていた通り、彼の最愛の妻は遠い日に亡くなっていた。

彼の気持ちは彼だけのものだ。私だって家族を亡くしているけど、彼の気持ちを本当に理解することは出来ない。それでも、

「……その痛みを分けてもらえたら良いのに」

心の声は、気付けば唇から零れ落ちていた。

「お前、両親が死んでるんだよな？」

「はい」

「それって幾つの時だった？」

「十二歳の時です」

「そんなに小さかったのに、お前は親の死を乗り越えたんだな」

「随分と時間も経ちましたしね」

時間が何もかもを解決するなんて思わないけど、人は時と共に忘れてゆく生き物だということも私は知ってしまった。

忘れたくないほどの強い愛情でも、耐え難いほどの喪失の痛みでも、出来の悪い頭は時間と共に記憶を削り取っていく。曖昧な痛みは時の流れに染み込み、いつしか瘡蓋《かさぶた》に代わってしまうのだ。

「時間が経てば、この痛みは和らぐのかな」

「和らぎますよ。でも、和らぐだけです」

怪訝な眼差しを見せた彼に、その未来を告げる。

「愛で穿たれた穴は、愛でなくちゃ塞がらないんです。少なくとも私はそうでした。私が両親の死を乗り越えられたのは妹がいたからです。妹を守らなきゃいけなかったから、嘆くよりも先に前を見なくちゃいけなかった。守らなきゃいけない家族がいることで、私は痛みから庇われていたんだと思います」

「そいつは弱ったな」

彼の顔に浮かんだのは、苦笑するような痛々しい笑み。

「俺にはもう、守らなきゃいけない奴なんて一人もいない」

「なら、死にますか？」

私を捉える彼の目が一瞬で細くなった。

「私はあなたが好きだから、何でも協力しますよ。哀しみを抱えながら生き続けることが愛なら、好きな人の後を追って命を捨てるのも愛だと思います。だから、舞原さんがどんな道を選んでも私は責めません」

呆気に取られたように、彼は私を見つめる。

「お前は、やっぱり変わってるな」

「そんなことないですよ」

「普通、遺族には、死んじゃ駄目だとか、亡くなった人の分まで前向きに生きてとか、そういうことを言うもんだと思ってたよ」

「私があなただったら、きっと死にたいと思ってますから」

似た者同士の相性が良いとは限らない。共に堕《お》ちていけるなら幸せなことかもしれないけど、その先に救いがなければ二人はそれで終わりだ。

喪失の痛みに囚われる彼と私では、前に進めなくなる日もくるかもしれない。それでも、彼の痛みに触れていたかった。舞原さんが傷つくのなら、同じ痛みを感じてみたかった。

「お前の頭の中身は、どうなってんだろうな」

半ば失笑気味に彼が呟いて。

「じゃあ、迷惑でなければ、今度、食事でもしながらお喋りしませんか？　駅前にクラシックなカフェがあるんです。もしかしたら、気分転換になるかもしれませんし」

無表情にしばし考えて、それから、彼は、

「まあ、良いか。死ぬよりマシだしな」

溜息でも漏らすように、そう言った。


愛は痛くて、時に、零れ落ちそうなほど重たくもある。

だけど、頑張ることは出来る。それだけは、いつだって許されている。

私が努力をやめない限り、きっと、彼との物語は、もう少しだけ続くのだ。

幕間

初花凛々

1

舞原葵依《まいばらあおい》は小さな頃から目が悪く、そのせいで睨んでいると勘違いされることが時折あった。感情を表に出すのも苦手だったし、怒っているわけでも、不機嫌なわけでもないのに、自然と他人に距離を置かれてしまう。

何事に対しても執着心が希薄で、良くも悪くも他人に興味がない。十二歳になる葵依はそんな人間であり、中途半端な地方都市で、都会の喧騒《けんそう》も、田舎《いなか》の牧歌的な安らぎを知ることもなく、ただ穏やかな時の流れの中を生きていた。

舞原一族は由緒ある旧家で、年に二回、一族中が集まる機会がある。新潟市の中心に在る本家に集う年始と、山間の旧本家に集まるお盆である。

八月十四日、夕暮れ時。その夏もまた、一族中が旧本家に集っていた。

二百畳以上ある大広間に仕出しが並び、百人以上の男女が座している。

葵依の家族が、この集いに参加するのは四年振りのことだ。この数年間、一族の血を引く父が海外に単身赴任していたこともあり、ずっと母が参加を渋っていたのだ。

遠く、最前列の上座に二つの席が用意され、傲然《ごうぜん》たる態度の頭首と跡取りが威儀を正している。そこから右と左に分かれて、それぞれ五十以上の仕出しが一列に並び、上座に近い位置には血の順列が高い者たちが座している。

葵依たち家族は末席から数えた方が早いが、それを不幸だと思ったことはない。ただ、自分はそう生まれただけだ。誰もが輪の中心となれるわけではない。この強大な一族の中で、自分は歯車のように生きていくだろう。幼い葵依は、自らの現状をそう受け止めていた。

月がその角度を変え、目の前の仕出しも空の器を増やしていく。

既に大部分の大人たちは酒に酔い、宴もたけなわを迎えている。母は嫁の集団に呼ばれ、萎縮しながらも広い台所で輪の中に入っていた。父は父で顔を真っ赤にし、仕事の話で親族たちと激論を交わしている。

味もよく分からない和食を口に運びながら、葵依は孤独を噛《か》み締めていた。

こんなにも人が大勢いて、華やいでいるのに、どうして自分は孤独なんだろう。

学校でクラスメイトに囲まれていても、親族に囲まれていても、葵依はいつだって一人ぼっちだった。

集団の中でこそ感じる寂しさというものがある。大勢の人間に囲まれ、熱気を帯びた空間の中だからこそ、浮き彫りにされる孤独がある。父も母も自分たちのことだけで手一杯だ。子どもの居たたまれなさになど気付くことはない。近しい年頃の子どもたちは、既に座敷を抜け出し、広い屋敷の何処かで遊んでいるのだろう。四年前ならいざ知らず、流れた時間は同世代の子どもたちとの間にも、距離を生んでしまった。

食事を終え、葵依は席を立つことにした。

闇夜に紛れてしまえば、誰も自分を見つけることはない。誰にも見つからない場所ならば、孤独に苛《さいな》まれることもない。

縁側の隅、灯りもほとんど届かない人気《ひとけ》のない場所を見つけ、そこに腰を下ろした。ぶらぶらと足を揺らしながら、夜空を見上げてみる。星々の隙間、高い場所で三日月が光を放射していた。

この旧本家は山に囲まれた静かな奥地に位置している。

月明かりを頼りに、ぼやけた山々の稜《りよう》線《せん》を繋ぎ、その雄大な姿に想いを馳せる。昔から葵依は山が好きだった。身体を動かすのは苦手だし、体力もないけれど、遠足でも登山が一番楽しい。


男子にしては長い葵依の髪を、夜風が軽くさらっていく。今年の夏は随分と涼《すず》しい。

夜の隙間を埋める虫の音と、浮かんでは消える淡い蛍の光。

草木《そうもく》の郷愁と、闇夜に生まれる淫《みだ》らな夏の匂い。

迷い込んできた蛍に手を伸ばし、その光に触れそうになった時、

「捕まえちゃ駄目だよ」

可愛らしい声が聞こえて。

振り返ると、すぐ後ろに着物姿の少女が佇んでいた。

「もうすぐ彼らは死んじゃうんだもの。最期まで飛ばせてあげて」

闇の中に浮かび上がるようにして立っていたのは、舞原雪蛍《まいばらゆきほ》だった。

宗家の本妻が産んだ、たった一人の正当なる娘。彼女の兄、吐季《とき》は不義の子どもだから、もしも雪蛍が男だったなら、二世代後の舞原の王は彼女だったことだろう。

雪蛍は葵依より二つ年下の同世代だし、振り返ってみれば、一緒に遊んだ記憶もないわけではない。けれど四年という時を経た今、身の程はわきまえている。彼女と自分では血の格が決定的に違う。

「葵依さんが旧本家に来るのって久しぶりだね」

彼女がこんな場所で自分なんかに声をかけてきたのは何故だろう。

縁側に座る葵依の隣に、雪蛍は腰を下ろす。

「四年前のお盆、下町の夏祭りに皆で行った時のこと、葵依さんは覚えてる？　あの夜、祭り会場の入り口で、私の草履《ぞうり》の緒が切れたでしょ？」

記憶を辿ってみる。

そんなこともあったような気がするけど、鮮明には思い出せない。

「私、あの年の夏祭りが凄く楽しみだったの。提灯《ちょうちん》を買って良いって、初めてお母さんが許してくれて。本当に楽しみにしていたのに、入り口で草履の緒が切れちゃって、どうして良いか分からなくて泣いちゃった」

泣いていた女の子がいたことは覚えているけど、あれって雪蛍だったんだっけ？

「泣いてる私に、葵依さんがサンダルを貸してくれたよね。『俺、こういうの興味ないから』って言って、皆が呼び止めたのに、裸足《はだし》で走って帰っちゃった」

あの時の足裏の痛みなら、何となく思い出せる。疎林の田舎道は舗装されておらず、小石を踏み付ける度に、鋭い痛みが全身を走ったのだ。

「あの日、どうしてもお礼を言いたくて、お土産も買ってたんだけど、お祭りから戻ったら、もう葵依さんは帰っちゃってた。お正月になれば会えるし、その時に渡そうって思ったんだけどね。その冬も、次の夏も、葵依さんは現れなかった」

自分のことを待っている親族がいるなんて、夢にも思っていなかった。

「ずっとね。葵依さんに聞きたいことがあったんだ」

「何？」

「あの時の言葉『俺、こういうの興味ないから』って、あれ、嘘でしょ？　サンダルを貸してもらった私が気兼ねなく夏祭りを楽しめるように嘘をついたんだよね？」

確信のこもった声で雪蛍はそう言ったのだけれど。

「……ごめん。よく、覚えてない」

四年前に何を考えていたのかなんて、まったく思い出せなかった。

しかし、そんな葵依の答えに雪蛍は婉然《えんぜん》たる微笑みを見せて、

「そういうところ、葵依さんらしくて私は好きだな」

幸せそうに、そう呟いた。

しばしの無言の時が流れ、蛍を眺めていたら、トントンと優しく肩を叩《たた》かれた。

葵依が横を向くと、雪蛍が嬉しそうに手を差し伸べている。

「はい。これ」

その手の平に、小さなガラス細工のウサギがのっている。

「四年前のお土産。ずっと渡したかったんだ」

「……ありがと」

「男の子がガラス細工なんてもらっても嬉しくないかもしれないけど」

「そんなことない」

「本当？」

「ウサギ、好きなんだ」

受け取ったガラス細工を月明かりに翳してみる。

流線型のボディの中、光は不思議な屈折を見せ、幻想的なきらめきが視界に飛び込んでくる。旧本家の敷居をまたいで以来、空漠としていた心の隙間が埋まっていく。

この穏やかな感情は、雪蛍が運んできてくれたのだろうか。


「雪蛍ちゃーん」

庭園を流れる小川の向こうから声が聞こえ、二人の着物を着た少女が提灯を手に現れた。舞原の集いで正装を許されるのは、本家の血族だけだ。現れた星乃叶《ほのか》と七虹《なな》は、二人とも次期跡取りの姪《めい》っ子である。

「雪蛍ちゃん、何やってたの？」

尋ねたのは葵依より一歳年下の星乃叶。彼女の父親の会社は経営状態が芳しくないと、車中で両親が話していたが、星乃叶の笑顔には一点の曇りも感じられなかった。

「葵依さんと一緒に蛍を見てたの」

星乃叶は庭を流れる小川へと目を移し、両手を口元に当てた。

「綺麗だね」

生温い真夏の闇を背景に、淡い光が飛翔《ひしょう》する。

「ねえ、捕まえて蚊帳《かや》の中に放そうか」

嬉しそうに提案した星乃叶の言葉に、七虹が苦笑いを浮かべた。

「実現したら綺麗だけど、可哀想だよ」

「そっか。それもそうだよね。残念」

そのまま星乃叶と七虹はしばし蛍に見入っていたが、やがて、葵依と雪蛍を残して立ち去っていった。

あの二人は雪蛍を探しに来たのだと思っていた。当然、雪蛍もついていくと思ったのだけれど……。

「一緒に行かなくて良かったの？」

「うん。良いの。……ねえ、葵依さんは、お祭りって嫌い？」

どうして突然そんなことを聞いてくるんだろう。

「人混みはあんまり得意じゃない。でも、別に嫌いじゃないよ」

「……今日は泊まり？」

「宴会の様子を見て決めるって親は言ってたけど」

少しだけ長い沈黙の後。

「ねえ、葵依さん」

ゆらゆらと揺れる蛍の光の狭間《はざま》。

「もしも明日もここにいるなら、私と一緒に夏祭りに行ってくれませんか？」

囁くような甘い声で、雪蛍がそう言った。

雪蛍が立ち去り、再び、一人きりになった縁側。

葵依の胸に、淡い想いが残り香のように咲いていた。

血の格を背景に、一人きりだなんて思っていたのは、益体もない自意識が生んだ被害妄想でしかなかったのだろうか。いずれ、この血は自分たちの関係性を変えてしまうだろうけど、今はまだ誰もが平等だというのだろうか。

縁側伝いに大広間へ戻ると、昼間の憂鬱が嘘のように、母がお嫁さんたちと表情豊かに笑っていた。酔い潰れた父は、い草の匂いのする畳の上で雑魚寝《ざこね》をしている。

「馬鹿みてえだな」

思わず本音が零れる。

妙な劣等感を働かせて交じり合えなかった自分も、何だかんだと言いながら、あっという間に朱に交わってしまった両親も、平等に馬鹿で、だけど、等分に幸せなのかもしれない。

気が付けば少しだけ心が浮かれていて、そんな自分を恥ずかしく思いながら、それでも悪くないなと思っていた。

父は既に酔い潰れ、母も勧められるままビールを手にしている。二人の運転手が飲酒をしているのだ。泊まりは確定だろう。

明日が晴れなら良いなと、葵依は生まれて初めてそんなことを思った。

それは、葵依が十二歳の夏に遭遇した懐旧の一幕で。
もう、二十年以上も昔の物語だった。

第四話

吐息雪色

1

彼との待ち合わせ場所は、駅前にある閑寂なカフェだった。

ジャニス・イアンの流れるそのお店は、老夫婦が二人で経営しており、店内には所狭しと観葉植物が並んでいる。オーガスタ、オリヅルラン、パキラ、アジアンタム。形も大きさも異なる緑の葉たちは目を楽しませてくれるけど、薄暗い照明のせいで、何処か心寂《うらさび》しい気持ちにもなってしまう。

私は十五分前に到着し、舞原葵依《まいばらあおい》さんがやってきたのは、約束より五分ほど遅れてのことだった。

コートの肩の辺りが濡れている。まだ冷たい雨が降っているのだろう。

「外で女と食事をするなんて何年振りだろうな」

「奥さんのことを思い出しますか?」

「思い出さないってことはないな」

席に着き、舞原さんは一度、窓の外に目をやった。

物憂げな横顔は今日も変わらない。

「これって一応デートなんだよな？」

「どうしてですか？」

「お前が雪蛍《ゆきほ》のことを聞いてきたからだよ。普通、相手の妻の話なんて聞きたくないんじゃねえのかなって思ってさ」

舞原さんの言動は基本的にぶっきらぼうだけど、実際は女性的な繊細な感覚を持っている人なのだと私は思っている。だからこそ、そういう思考にも至るのだろうし、私の気持ちに対する配慮も嬉しい。ただ……。

「私は雪蛍さんの話を聞きたいんだと思います」

胸の内を正直に告げると、不思議そうな目で見られた。

「だって、雪蛍さんは舞原さんが愛した女性なんですよね？　好きな人が好きな人のことは知りたいですよ。それに舞原さんが愛した女性なら、きっと彼女も素敵なんだろうなって思いますから」

「お前と話してると調子が狂うな。毒気を抜かれるっていうか」

頬を掻きながら、戸惑ったような表情を見せる彼は可愛いと思う。

「私が聞きたいのは舞原さんが話したいと思うことだけです。あなたが話したくないことは私も聞きたくありません」

すすけた天井を見上げ、一つ、小さな溜息を彼は漏らした。

「俺に気を遣ってなんだろうけど、親族も、家族も、誰も雪蛍のことを聞いてこないんだ。行方が分かるまでの間も、死んでいるって分かってからもだ。聞いたら悪いって思ってるんだろうな」

そういうものなのだろうか。確かに、寡夫《かふ》となった舞原さんに対して、奥さんの話を切り出すのは勇気のいることかもしれない。でも、

「舞原さんは雪蛍さんのことを愛しているんだから、彼女を思い出したり、その思い出を話すのは悪いことじゃないと思いますけど」

自分の心にアクセスして、柔らかい気持ちを更新する。そうやって人は記憶を失わないように生きていくのだと思う。

「舞原さんは、雪蛍さんのことを話したくないですか？　私は二人がどれだけ幸せだったのか知りたいなって思いますよ。知って、理解したい」

「自分の話をするのは得意じゃないんだけどな。嫌じゃないよ。雪蛍の話なら、俺は嫌じゃない。今はまだ、あいつとの思い出に浸っていたいって、そんなことを思ったりもするしな」

好きな人が好きな人を、強がりではなく好きになれたらいい。

彼女の話を聞くことは、私にとって痛みかもしれないけど。

でも、それが彼によってもたらされるものならば構わないとも思う。彼のために心が痛むのなら望むところだ。そんな痛みなら、私は愛せる。

骨ばった手で、運ばれてきた珈琲を口に運びながら、彼は幾つかの思い出話を語ってくれた。時折、募る想いに言葉を詰まらせたりしながら、それでも舞原さんは彼女の話をしてくれた。

語られる彼の言葉に、その大切な思い出に、耳を澄ます。

理解したい。もっと舞原葵依と舞原雪蛍という人を、その人生を知りたい。

私はそう願っていた。


穏やかな昼下がり。

彼女の思い出話に花が咲き、一段落した後で、今度は彼が質問をしてきた。

「お前の一番大切な人って誰？」

「妹です」

その問いにだけは迷いも選択肢も存在しない。

私にとって世界で一番大切な存在、それが真奈《まな》だ。真奈を幸せにすること。最期まで真奈を守ること。それが私の幸せであり、使命であると、ずっとそう信じてきた。

「仲が良いんだな」

「二人きりの家族ですから」

「そんなに仲が良いなら、その妹にもいつか会ってみたいな」

「……本当に会いたいですか？」

何かを訴えるような、きっと、私はそんな目をしていたのだろう。

「ああ。何？　会わせたくないのか？」

「そうじゃないです。そういうことじゃないんですけど……」

大袈裟だけど言わせて欲しい。

私は舞原さんに巡り会えたことを奇跡だと思っている。もしも、あなたを真奈に紹介出来るなら、この恋は運命にだってなり得ると思う。

「いつか、妹を紹介出来たら嬉しいです」

大好きな真奈と、私の好きな彼が笑いあえたなら、私はそれだけで満たされるだろう。そういう幸せを私は夢見ている。

2

二月になっても、真奈《まな》はオフ会に頻繁に誘われているようだった。

日中、毎日のようにオンライン上で真奈の相手をしているわけだし、彼らは何の仕事をしているのだろうと思っていたのだが、話を聞いてみると、その正体は大学生や専門学校生が多いのだという。

オフ会に参加してみたい。学生時代に作れなかった心を許せる友達を、今度こそ作りたい。隠し持った真奈の願いは、何となく推測出来てしまうけど、最後の一歩を踏み出せないまま、妹の葛藤の日々は過ぎていく。

その背中を押そうと励ましてみても、

「お姉ちゃんが彼氏を作らないって約束するなら、参加してやっても良いよ」

とか、返ってくるのは、そんな答えばかりだった。

二月も中旬に差し掛かった頃、不意に北風と太陽の話が頭に浮かんだ。

押して駄目なら引いてみろ。

「真奈、本当はオフ会に参加したくないんだよね。ごめんね。気付かないで、嫌なことばかり言っちゃった。もう、参加しなよなんて言わないからね」

神妙な顔でそう告げたら、状況は瞬時に一変する。

「別に行きたくないわけじゃないもん」

「でも、もう、手遅れだよ。オフ会って来週でしょ?」

「そんなこと言わないでよー」

「幹事さんは人数を確定させて、お店を予約しなきゃいけないんだから、急に行きたいなんて言ったら迷惑がかかっちゃうよ」

「でも、半年振りに新しいステージが発売されたんだよ? 今回が良いに決まってるじゃん。真奈、絶対に今回のオフ会に行くもん」

それまでの抵抗が嘘みたいに、真奈はあっさりと挑発にのってくる。

「でも、いつもみたいに行くって言っておいて、結局はキャンセルしちゃうんじゃないの?」

「本当に行くってばー」

結局、その場の勢いでパソコンを立ち上げ、真奈はゲーム仲間にオフ会への参加を表明した。それは、一年半の間、この家に閉じこもりきりだった真奈が、ようやく前を向いた瞬間だった。

　オフ会は一週間後。カフェに何人かでノートパソコンを持ち寄り、ゲームの話を中心に雑談するらしい。

　参加を表明して以来、真奈は落ち着きをなくし、挙動不審な態度を見せる瞬間が増えていった。

　私が出社前に化粧をしている時も、今までは爆睡していたくせに、律儀に正座をしながらこちらを観察している。真奈は十七歳だし、肌も綺麗だから化粧なんて必要ない。むしろ問題があるとすれば髪型の方だ。時々、私が切ってあげてるけど、さすがに全体に漂う重たい印象は拭《ぬぐ》えない。

　凜《りん》にもらったホットペッパーを持って帰ると、ヘアサロンのページを順番に眺めながら、真奈はテーブルに頭をぶつけ始めた。

　悩みすぎて、おかしくなってしまったのだろうか。

「お姉ちゃんも一緒に美容室に行こうか？　せっかく勇気を出すんだから、可愛くしてもらおう。パーマをかけて色も入れてみる？　真奈のためなら今月の生活費をオーバーしても良いよ？」

「うー。でも、知らない人に髪をいじられるなんて無理ー」

なんだ。悩んでいるのはそこだったのか。後片付けもろくにしないくせに、妙に潔癖症なところもある妹である。

真奈は私より少しだけ背が低いけど、私の服ならば十分に着られる。でも、冴えない貧乏OLの私服なんて、真奈の世代のファッションとは隔絶している気がするし、一人で十代向けのショップに入る勇気もない。

「真奈。服は本当にお姉ちゃんので良いの？　次のお休みに一緒に買いに行く？」

「お姉ちゃんのが良い」

お姉ちゃんのでじゃなく、お姉ちゃんのが、ときたか。相変わらず可愛いな。

でも、長い間引きこもっているのだ。オフ会に行く前に、準備運動として一度くらい外に連れ出しておいた方が良い気もする。だけど、美容室も駄目、買い物も駄目となると、残っているそれなりな理由って何だろう。

「そうだ。司書さんも真奈に会ってみたいって言ってたし、今度、三人で美味しいものでも食べに行く？」

「どういうこと？」

連れ出せそうな理由を思いつくままに言ってみたのだが、真奈は敏感に反応し、凍《い》てつくような瞳でこちらを見つめてきた。

「お姉ちゃん、まだ司書に会ってるの？　真奈が引きこもりをやめたら、一生彼氏を作らないって約束したよね？」

それ、真奈が勝手に言ってただけでしょ。

「苦笑いしてないで、はっきり答えろ！」

自分のことで頭がいっぱいになっていると思ったのに、どうやらそこはマルチタスクが利くらしい。

「ちょっと前に、また会ったんだよね。会いに行ったっていうか」

「信じられない！」

憮然とした表情で、真奈は私の左腕にしがみついてきた。

「真奈というものがありながら、まだ、そんな眼鏡に未練がましくすがろうなんて、お姉ちゃんの浮気者！」

「でも、真奈だってオフ会に参加するんでしょ？」

「それはそれ。これはこれ！　ねえ、司書はどんな感じだったの？」

慄然《りつぜん》とした眼差しで真奈は尋ねてくる。

「どんなって……。まあ、特にこれまでと変わらないよ。私のことを恋愛対象として
なんて見ていないんじゃないかな」

「許せない奴だ。処刑だな。奴が一番苦しむ方法で処刑しよう」

「でも、片想いも悪くないよ。好きな人がいるだけで幸せだもの」

「完璧に振られてしまえ」

お。挑戦的だな。

「そっか。じゃあ、真奈が応援してくれないなら、お姉ちゃんもオフ会の参加、手伝
わないから、自分で何とかしなさいよね」

「嫌！」

今度は両腕で全身を抱き締められた。

「お姉ちゃんは真奈の味方をしなきゃ駄目なの！　見捨てないでよー」

泣きそうな真奈の頭に、ふーっと息を吹きかけてみる。

「はいはい。分かったから、じゃあ、真奈も外出する準備を整えよう？　この髪、ど
うするの？　絶対、重たいよ？」

どんなに遠回りでも、真奈の人生が前向きな方向に動き出したら良い。

きっと、たったそれだけで私は幸せになれる。

3

舞原《まいばら》さんとカフェでデートをした、その週末。

仕事終わりに、逢坂星乃叶《あいざかほのか》さんからの携帯メールを受信した。

半年振りに図書館を訪問した際、私は彼女と携帯番号やメールアドレスを交換しており、それ以来、ちょっとしたメル友のような関係になっている。何故か妖精さんは私の恋を応援しているので、彼の好きな食べ物とか、よく読んでいる小説家とか、そういうプチ情報を提供してくれている。

その日も、そんな風な小さなアドバイスを受信したと思ったのだが、

『今日、館長が半年振りにお仕事に来ました！　佳帆《かほ》さんのお陰です！　皆、喜んでいます！　ありがとー！』

思わず、心が跳ねる。それは、とても嬉しい報告だった。

雪蛍《ゆきほ》さんの死を知り、心痛で動けなくなっていた舞原さん。そんな彼が、ようやく前を向いて生きていくための活力を取り戻し始めた。

私の力も多少なりともあるのかなとか、そんな不遜《ふそん》なことは思わない。だって、私が動かせる駒《こま》が私だけであるように、どれだけ周りの人間が彼の力になりたいと願っても、最後にその足を動かせるのは本人だけだからだ。

明日も舞原さんは出勤するのだろうか。職員の歓迎に辟易《へきえき》したような顔を見せ、すぐに事務所に引っ込んだりしていそうだけど、彼がそんな風にそっけない態度を見せても、きっと職員さんたちは喜んだんだろうな。

私は今の保険の仕事が好きだし、誇りもやりがいも感じているけど、少しだけ、あの図書館の職員さんたちが羨ましくなった。再生していくだろう彼のことを隣で見ていられたら、それは、きっと私にとっても大きな喜びになるに違いない。

よし。私も自分のお仕事を頑張ろう。

来週は今のプロジェクトが山場を迎える。

前を向いた彼のことを想う時、それだけで力が湧き上がるようだった。

4

帰宅すると、真剣な眼差しの真奈《まな》が玄関で待っていた。

ホットペッパーのヘアサロンを紹介するページから、一枚の写真が切り抜かれ、おもむろに手渡される。

「こんな髪型にして欲しいの」

写真の女の子は、ミディアムショートのふんわりボブ。

「え？　これ、私が切るの？」

「うん。お姉ちゃんなら絶対出来るもん」

いや、この髪型は真奈に似合うと思うよ。でも、私が切るのは無理じゃない？　ハードル高いって。

「えっと、普通に上手く切る自信ないんだけど……」

「大丈夫だよ」

「でも、オフ会は三日後でしょ？　美容室に行って切ってもらおうよ」

真奈は微笑と共に首を横に振る。

「ううん。良いの。失敗しても良いんだ。多分ね、この長い髪は重りみたいなものなんだよ。ずーっと家から出られなかった、真奈の引きこもりの証《あかし》なの。だから、お姉ちゃんに切ってもらいたい」

迷いのない瞳で、真奈はそう言い切った。

お風呂場に椅子を置いて。

ホットペッパーの写真を確認しながら、慎重に切っていく。失敗してしまったら大変なことになる。せっかく、真奈が決意を固めたのだ。少しでも可愛くしてあげたい。

真奈は屈託のない笑顔で鏡に映る私を見つめているけど、どうしてそんなに私を信用出来るんだろう。少しぐらい不安になったりしないのだろうか。

髪のカットが終わり、真奈は喜びに目を細くして私の手を取った。

「ほら。やっぱり、お姉ちゃんに切ってもらって良かった」

「真奈の素材が良いからだよ。自信を持って、オフ会に行ってきて」

その頭を撫でてやる。

「もっと褒めてー」

「すごく可愛いよ。世界で一番かも」

「一番はお姉ちゃんだよ」

「うーん。じゃあ、二番？」

真奈は嬉しそうに頷く。

「お姉ちゃん。真奈、大丈夫だよね？　高校も行ってないし、ただの駄目ニートだけど、オフ会に出ても良いんだよね？」

「もちろん。だって、真奈に会いたいって言ってきたのは向こうの人たちでしょ？」

「うん。ありがと。お姉ちゃん、大好き」

こうやって、少しずつ前に進んでいくのだと思った。

人生というのは複雑で、時に予期せぬ不幸に見舞われることもある。だけど、落ち込んだり、迷ったり、立ち止まったりしながら、それでも私たちは前に進んでいく。

「ねえ、もしも、ちゃんと一人で出掛けられたら、眼鏡の司書にも会ってみたいな」

「司書さんに？」

「駄目？　あいつも真奈に会ってみたいって言ってたんでしょ？」

そっか。真奈の気持ちがそういう風に動くとは思っていなかったけど、でも、これは喜ぶべきことだ。真奈が自分から人に会おうとしているのだ。

だけど、どうしよう。どう答えたら良いんだろう。

「……そうだね。……じゃあ、真奈がちゃんと勇気を出せたらね」

「フランス料理のフルコースを食べに行きたい！」

「司書の奴に出来るだけ高いディナーを奢《おご》らせたいんだよね」

「味分かるの？」


あらら。いつの間にか、いつもの真奈に戻っちゃったよ。

ま。それは後で考えることにして、まずは三日後。

オフ会で真奈がちゃんと勇気を奮えますように。

願わくは、どうか真奈の柔らかな心だけは、傷つくことがありませんように。

5

妖精さんに舞原《まいばら》さんの復帰を教えてもらった翌日。

運よく休日だったこともあり、図書館に足を運ぶことにした。

館内の入り口には鉢に植えられたスノードロップが顔を覗かせ、可愛らしい白い頭《こうべ》を垂れている。

スノードロップの花言葉は『希望』。

　この冬の花には幾つかの言い伝えがある。

　神様が世界を作った時、雪は色を与えられておらず、鮮やかな花々に色を分けて欲しいと頼んだのだという。しかし、どの花にも邪険にされ、断られ続け、哀しみに暮れる雪に、スノードロップだけが自分の花の色を分けてあげた。

　そして、雪はスノードロップに誓う。

　君と共に春を待とう。君が真冬でも花を咲かせられるように、僕は君の上にだけは降り積もらないだろう。

　希望や優しさは時に利己的で、理解も不理解も持たないけど、それでも、とても優しいお話だと私は思っている。


「あ。佳帆《かほ》さんだ」

　白い花弁に見惚れていたら、可愛らしい声が届き、振り返ると妖精さんが、如雨露を片手に立っていた。

「水遣りですか？」

「はい。先月から、館内の植物管理はあたしのお仕事なんです」

　嬉しそうに言った妖精さんの笑顔が眩しい。

彼女はこんなにも綺麗に生まれて、こんなにも幸福そうに笑って見せる。きっと、素晴らしい家族に囲まれて、とても幸せな人生を送ってきたのだろう。

妖精さんと別れ、館内に足を踏み入れる。そして、私が見たのは、忙《せわ》しなく動き回っている職員の向こう側、カウンターの奥で何かを熱心にパソコンに入力している舞原さんの姿だった。

半年振りに目にした、働く彼の姿に胸が熱くなる。彼の心についている重りを知っているからこそ、彼が前を向いてくれたことがとても嬉しかった。

人は立ち直れる。立ち直っていける。

どれだけの痛みを知っても、どれだけ大切な人を失っても、それが深い愛であればあるほど、きっと、その人のために立ち直らなければならないのだろう。

不器用な彼が好き。私は今、舞原葵依《まいばらあおい》が好きだ。確信を込めてそう思った。

結局、その日。

私は彼に言葉をかけず、読みたかった本を借りることもせずに、立ち去ることにした。社会に戻ってきた舞原さんの姿を見ただけで、何もかもが手につかなくなるほど、胸がいっぱいになっていた。

6

真奈《まな》のオフ会前日。

明日のことが気になってしまい、朝から仕事に集中出来なかった。気持ちがはやるせいでミスも増え、結果、いつも以上に帰宅が遅くなってしまう。

終電間際の電車に飛び乗り、急いで帰宅する。

今日は出来るだけ真奈の傍で励ましてあげたかったのに……。

「ただいま！」

部屋に入ると、かしこまった顔で真奈がソファーに腰掛けていた。パソコンもテレビもついていない。

「……お姉ちゃん。お帰り」

今から緊張しているのだろうか。真奈の声には驚くほど覇気がなかった。

「どうしたの？　真奈、具合でも悪い？」

「別に何処も悪くないよ」

真奈は遠慮がちに微笑みながら首を横に振ったのだけれど、声のトーンで気付いてしまった。これは緊張じゃない。平静を装っても、張り詰めた表情を見れば分かる。この落ち方は絶対に緊張のせいなんかじゃない。

「真奈、何かあった？」

その肩が微かに震えているように見えるのは気のせいだろうか。

「愚痴でも弱音でも何でも言って良いんだよ？」

下唇を嚙み締めながら、潤んだ瞳で真奈は私を見つめてくる。

本当にどうしたんだろう。

オフ会は明日だ。私が仕事に行っている間に何かあったんだろうか。

「……これ」

消えそうな声で真奈がパソコンのマウスに手を伸ばし、スリープモードになっていたモニターに光が戻った。表示されているのはネットゲーム内のチャット。

真奈はログインしていなかったが、会話を閲覧することは出来るようだ。マウスに手を伸ばし、画面上を流れる会話に目を落としたのだけれど……。

背中から、しゃくり上げるような声が聞こえてきて。それを真奈が必死に隠そうとしているのだと分かった。

振り返ることも出来ず、湧き上がる疑念で胸が締め付けられていく。

これは、どういうことなんだろう……。

参加者たちは、このチャットを真奈が閲覧していることを知っているのだろうか。それとも、閲覧だけなら参加者には分からない仕様なのだろうか。私はゲームをしないから、専門的なことは分からない。それでも真奈が何に戸惑っているのかは理解出来る。モニター上では、オフ会が終わった体《てい》で会話が流れているのだ。

状況が理解出来ない。やっとの思いで真奈が参加を決意したオフ会は、明日行われるはずだ。それなのに、画面に流れるのは、終わってしまったお祭りを名残《なご》り惜しむかのような会話ばかり。

「……真奈。もしかして、日付を間違えたの？」

「間違えてない。何度もメールを確認したもん」

消えそうな声で、しかし、はっきりとその可能性が否定される。

でも、じゃあ、何で……。

「私、ここに書き込んでも良い？」

答えが返ってこないのは、了承の証だろう。慎重に言葉を選びたかったけど、混乱する頭では思考もままならない。

ログインボタンを押した後、会話ウィンドウに、

『オフ会って明日ですよね？』

シンプルな文面を記述して、送信した。

ハンドルネーム『マナ』の登場に、ひっきりなしに流れていたチャットのタイムラインが停止する。

無言は彼らの戸惑いだろうか。それとも……。

数十秒の沈黙の後、

『マナさん、オフ会に参加したかったの？』

表示されたのは、そんな文面だった。

『参加しますって言いませんでしたっけ？』

再び私がキーボードを叩くと、真奈が恐る恐る後ろから覗いてきた。そして、モニターに真奈の仲間たちの言葉が流れ始める。

『なんか今日、口調違うね』

『マナさん、いつも来るって言って来ないじゃん』

『あれ？　じゃあ、日程変更の連絡しなかったの？』

『だって来ると思わなかったし』

『それ、酷くねえ？』

『でも何度もすっぽかされてたから……』

　強く、真奈が右腕にすがりついてきた。

『マナさん。本当に来るつもりだったの？　また嘘じゃなくて？』

　分かってる。よく分かってる。悪いのは彼らじゃない。彼らを責めることなんて出来ない。この結末を引き起こしたのは真奈だ。ずっと卑怯《ひきょう》な逃げ方を真奈がしていたせいなのだ。

　それが分かっているからこそ、悔しくて、情けなくて、真奈は打ちのめされてしまうのだろう。零れ落ちそうになる涙を堪《こら》えたいのに、それも出来なくて、真奈は肩を震わせながら泣いてしまう。

　やがて、真奈は覚束無い指先をキーボードに伸ばし、

『ごめん。嘘』

弱々しくそう綴ってから、すぐにログアウトした。

それから先の画面を見なくても済むよう、真奈はパソコンの電源を落とし、私の胸に泣きついてくる。もう隠しようがないのだろう。悔しさと情けなさを混ぜ合わせて、真奈は声をあげて泣きじゃくる。

悪いのは真奈だ。自分で蒔《ま》いた種を、自分で刈り取ることになっただけだ。そんなことは真奈自身もよく分かっている。だけど、

「真奈が頑張ろうとしてたこと、お姉ちゃんはちゃんと知ってるからね」

一瞬も馴染むことが出来ずに高校を退学した後、一年半以上の長い間、真奈は外の世界を拒絶するしかなかった。でも、

「お姉ちゃんは、ちゃんと真奈を見ていたよ」

私の胸に顔を押し当てて号泣する真奈を、そっと抱き締める。

真新しい痛みに押し潰されそうになる心、それに真奈が耐えられるように。

これ以上、深く傷つかなくても良いように。

世界中の誰もが真奈に呆れても、私だけは味方でいる。

「真奈は頑張ったんだよ。偉いよ」

努力が報われるとは限らない。勇気を奮ったって空回りすることもある。

それでも真奈だけは傷つかないで欲しかった。人より弱い真奈だけは、守られていて欲しかった。

一晩が明け、結局、私は翌日も上の空で仕事を進めることになってしまう。前の会社を辞めたのも恋愛沙汰が原因だったし、公私の切り替えが出来ない駄目なOLなのだろう。

定時を随分と過ぎたところで仕事を終え、公共交通機関経由だが、気持ちだけは全速力で帰宅する。

「真奈！」

妹の名前を呼びながら玄関に駆け込み、靴を脱ぎ捨てて居間に飛び込む。

真奈は昨日と同様、ソファーの上に何もしないで座っていた。パソコンもテレビも起動していない。お昼御飯ぐらい食べていると思いたいけど……。

「遅かったね」

「ごめん。大事な取引があって」

「真奈。お弁当買ってきて夕御飯も食べちゃったよ」

そこで気付く。テーブルの上に、空になったコンビニ弁当が置かれていた。

「冷蔵庫にお姉ちゃんの分もお茶と一緒に入ってるよ」

え？　これを真奈が一人で買ってきたの？　じゃあ……。

「あんなに外の世界が怖かったのにね。馬鹿みたいに普通だった」

真奈は淡々とそう告げた。

そりゃ、コンビニは歩いて三分の場所にあるけど、昨日まで家に閉じこもりきりだったのに……。

「お姉ちゃん、何で泣いてるの？」

答えなんて分かっているくせに、真奈は嬉しそうに質問してきた。

「だって、真奈が……」

「偉いでしょ？」

「うん。うん！」

力いっぱい妹を抱き締めて、頭を優しく撫でてやると、真奈は猫みたいに気持ち良さそうな声をあげた。

少しだけ変わった日常の風景を思う。

昨日、予期せぬ形で傷ついたはずなのに、真奈は自暴自棄にならず、立ち直ろうとしてくれた。それが、とにかく嬉しかった。

その日の夜。

いつ以来だろう。真奈は自分の布団を敷き、私から少し離れて眠りについた。

闇夜の狭間、しゃくり上げるように聞こえる呼吸の音が、鼓膜を揺らす。

胸の痛みに耐える妹を想いながら、今はそっとしておくことが彼女のためになるのだと、抱き締めたい自分を必死で抑えていた。

酷く寒い、長い真冬の夜。

いつしか疲労と共に私たちは眠りにつき、しかし、それでも夜は明けていく。


翌日、私の起床より遅れて、真奈も布団から這《は》い出《だ》してきた。

真奈の目は少しだけ赤く腫《は》れていたけど、気付かない振りをしながら、二人分の朝食を作った。ご飯を炊き、卵を焼いただけの簡単なおかずに昨日の残りのお味噌汁《みそしる》。

節約生活が染み付いた私たちの暮らしには、華やかさなんて欠片もない。だけど、真奈が文句を言ってきたことなんて一度もなかった。

あるがままの生活に満足し、日常に生じる小さな幸せに心を弾ませて、私たちは二人で生きている。

どうすれば真奈を、もっと幸せに出来るんだろう。

「真奈。せっかく髪型も変えたんだし、今度、お姉ちゃんとデートをしよっか。お買い物をして、一緒に映画を観て、ちょっと贅沢なものでも食べよう」

真奈は私の言葉に微笑み、何かを熟考するように天を仰いだ。

「……それも良いけど、真奈、大人のデートが見てみたい。司書の奴に会わせてよ」

意外なところへ話が発展し、

「司書の奢りでフランス料理のフルコースを食べたい。公務員なんだから、お金あるでしょ？」

続けられた言葉に、思わず笑ってしまった。

「お金の問題というか、そもそも私なんかとデートをしてくれないような気がするっていうか」

「何で？　そいつ真奈にも会いたいって言ってたんだよね？」

曖昧に頷く。

「真奈がお姉ちゃんに相応しい男かどうか見定めてあげるよ」

「どっちかって言うと、見定められてるのは私の方なんだけどね」

「失礼な奴だな。お姉ちゃんを振ったら死刑にしよう」

相変わらず、過激な妹である。

「じゃあ、今度、三人で一緒にご飯を食べに行きませんかって誘ってみるよ」

「うん。そしたら、また家から出るよ」

「え？　それまで引きこもるの？」

真奈は満面の笑みで頷く。

「外には怖い敵がいっぱいいるからね」

苦笑いと共に溜息が零れ落ちる。

真奈を交えて三人でデートか……。さて、どうしたもんだろう。

7

舞原《まいばら》さんが職場に復帰してから一週間が経った頃、不意に彼の方から連絡が入った。

どうやら私の電話番号を妖精さんに聞いたらしい。

彼は携帯電話を持っていないので、表示された番号は図書館のものだった。仕事終わりに妖精さんに促されたのかもしれないけど、そうであったとしても嬉しい気持ちは変わらない。

『今度、夕飯でも食いに行かないか？』

電話での会話に随分と緊張してしまったが、噛み砕いて言えば、そんなような用件だった。舞原さんと一緒に夕食を食べに出掛けるなんて、一ヶ月前には想像も出来なかったことだ。しかも彼の方から誘ってくれるなんて！

心はこれ以上ないくらいに跳ねている。

久しぶりに新しいコートでも買ってみようかな。たまには良いよね。好きな人に少しでも素敵だと思われたい、そういう気持ちは私にだってある。

四日後のデートの日。

結局、仕事が忙しくて買い物にも行けず、私が着ていたのは六年前にセールで購入したいつものコートだった。それでも精一杯のお洒落をして、笑顔に勝る化粧なしなんて言葉に希望を置いたりなんかもしつつ、待ち合わせの駅まで向かった。

雑踏の中でも、舞原さんは背が高いから、すぐに見つかる。

鷹揚《おうよう》な態度で壁に寄りかかる彼の表情は、長い髪のせいでよく見えないけど、女なら誰だって惹きつけられる華がある。

舞原葵依《まいばらあおい》は、とても美しい男の人だ。私は彼の端整な外見だけに惹かれたわけじゃないけど、釣り合うか釣り合わないかで言ったら、余裕で釣り合わない自信がある。私なんかが本当に彼の隣にいても良いのだろうか。

「ごめんなさい。舞原さんを待たせてしまうなんて」

彼は時計を見て、

「十五分前か。なるほどな。絶対に早く来ると思ったから、時間を突き止めてやろうと思ったんだ」

子どもみたいにニヤリと笑い、ポケットの中からメモ用紙を取り出す。

「先に断っとくけど、俺にまともなエスコートとか期待すんなよ？」

「舞原さんって、時々、面白いことを言いますよね」

「風夏《ふうか》に教えてもらった店だし、それなりだとは思うけどな」

彼は本心の見えやすい人じゃないけど、照れ隠しのように、そんなことを言うところとか、私は多分、そういうどうってことのない彼らしさに少しずつ惹かれてしまったのだろう。

舞原さんに先導されて電車に乗った。

私の身長は百六十センチに届かないくらいだから、彼とは二十センチ以上違う。これだけ背が高いと、日常生活で頭をぶつけたりすることもよくあるんだろうか。

どうでも良いような思考を弄んでいたら、彼が私の視線に気付いた。

「ん？　どうした？　寝癖でもついてるか？」

不安そうな眼差しで、彼は後頭部に手をやる。自分が見惚れられていたという発想はないらしい。

「料理、楽しみですね」

「そうだな。お前は普段、外食は多いのか？」

「仕事の接待や打ち合わせでなら時々ありますね」

「ふーん。聞いたことなかったけど、お前って何の仕事してるの？」

「普通のＯＬですよ。保険関係の外交員です」

「外交員ってことは営業か。それで気が強いのかな」

「私、気強いですか？」

舞原さんにそう思われているのは、ちょっとショックだな。

「今の言い方だと語弊があるか。そういう意味じゃなくて、ああ、でも、そういう意味か」

「否定するなら、きちんと否定して欲しいんですけど」

「最初に会った時、俺、お前にかなりきついこと言っただろ？　それなのにまったくめげなかったしさ。精神タフだなって思ったんだよ」

なるほど。でも、それは私の心が強かったからじゃない。

「舞原さんに会って、運命かなって思ったんです」

「そいつは、もうすぐ三十路《みそじ》の女が言う台詞じゃねえな」

「自分でもそう思います」

私の自嘲を汲み取るように、彼は優しく微笑んでくれた。

楠木《くすのき》さんのお勧めというお店に入り、物を知らない私たちは、やっぱり彼女のお勧めだという料理を注文した。

予定調和と言うと語弊があるけど、保証のある美味しい料理に舌鼓を打ち、私たちは色んな話をした。といっても私たちの共通項なんて少ないし、どうしたって楠木さんや妖精さんの話題になってしまう。

楠木風夏さんは現在、旦那《だんな》さんの実家と冷戦状態で、ストレスを発散するように働きまくっているらしい。どう見ても他人に対する興味が希薄な舞原さんだ。そんな彼でも心配になるレベルの修羅場を迎えているということなのだろうか。

心配になったのだが、その後で舞原さんから語られたエピソードは微笑ましいものだった。秋口以降、遅くなる楠木さんを心配した旦那さんが飼い犬と共に迎えに来て、彼女はエスコートされるように帰っていくのだという。

夫のお迎えなんて、物凄く愛を感じる話だ。疲れた仕事終わりに、毎晩、彼が迎えに来てくれるなんて夢のようだと思う。

そんなこんなを聞いた後、失礼を承知で楠木さんの年齢も聞いてみた。彼女は結婚しているし、私みたいな人生に何の覚悟もない女とは雲泥の差がある大人だと思っていたのだが、蓋《ふた》を開けてみれば一学年だけ上の同世代だった。

それほど変わらない歳月を生きてきたはずなのに、彼女は家庭を持っていて、旦那さんに愛されてもいて、こんなにも素晴らしい仲間に囲まれている。

続いて話題に上ったのは妖精さん、彼の親族である逢坂星乃叶《あいざかほのか》さんだった。

家庭の事情を第三者から聞くのは気の引ける話だが、舞原さんは妖精さんの話も少しだけしてくれた。もともと彼女は舞原の姓を持っていたのだが、数年前に今の家に養子に入り、苗字が変わったのだという。山梨県で暮らしていたが、妖精さんがフリースクールに通う関係で、一年前に家族で八王子に引っ越してきたらしい。

私と真奈《まな》が育った施設には孤児も多く、その中には養子縁組をした子どもたちもいた。逢坂さんを取り巻く事情は分からないけど、舞原一族は旧家らしいし、姻戚《いんせき》関係にも様々な事情が絡むのかもしれない。

聞いてみたいことは他にもあるけど、彼が話しても良いと思う範囲は何処から何処までなのだろう。そのラインを他人の距離で見極めるのは難しい。

舞原さんは口数の多い人ではないし、ぶしつけな質問をして嫌われるのも怖い。だけど、そんな不安を杞憂《きゆう》に変えるように、舞原さんは穏やかな表情で幾つかの質問に真摯に答えてくれた。

舞原は新潟の一族なのに、どうして八王子に図書館を建てたんだろう。それも不思議だったのだが、答えは簡単だった。件の小説家、舞原詩季《まいばらしき》さんがデビュー当時、八王子で暮らしていたらしく、図書館がこの街に建てられたのは彼の希望によるのだという。

建設が決まった後、運営責任を担う館長が選出されることになり、紆余《うよ》曲折を経て白羽の矢が立ったのが、舞原葵依さんだった。彼はその頃、孤独な日常の痛みにやられ、自宅で塞ぎ込んでいた。そして、社会から隔絶していく彼を心配していた親族に説得され、館長に就任することになった。

八王子にはもう一人、舞原家の人間が住んでいたらしく、彼の紹介で楠木さんと逢坂さんもここに勤務することになったらしい。

巡り合わせの妙は面白い。舞原詩季さんが八王子に住んでいなければ、この街に図書館が建てられることはなく、彼の親族がいなければ楠木さんと逢坂さんが勤務することもなかった。彼と私が、今、こうして食事をすることさえも……。

舞原さんの話を色々と聞き、そんな風に楽しい時間が過ぎていった後、今度は逆に私の話も求められた。

あまり面白くないですよ。そんな前置きをしてから、これまでの人生を語っていく。両親との死別と施設での生活、働き始めて独立した後の暮らし、そのどの場面でも、隣にいたのは真奈だった。

「お前の妹って、どんな奴？」

「可愛いですよ。自分勝手で、家事も出来なくて、引きこもりだし、勉強も嫌いだし、姉離れも出来ていませんでしたけど……」

「でも……」

舞原さんは優しい目をしている。

「お前はそんな妹が大好きなんだよな」

「はい。世界で一番大切な家族ですから」

「会ってみたいな。親が死んで、決して楽な人生じゃなかっただろうに、お前にそこまで希望をくれた妹に会ってみたい」

その言葉を聞き、不意に胸に込み上げるものがあった。目頭が熱くなり、彼の顔を見るのが辛くて、思わずうつむいてしまう。

「ん？　どうした？」

「いえ。何でもないです」

舞原さんに会ったら、真奈はどんな顔をするんだろう。

私が大好きな人を、真奈はどんな顔で迎えてくれるんだろう。

無理やり笑顔を作って顔を上げる。

「私も舞原さんと真奈に会って欲しいです」

「つーか、お前、何か無理してねえか？　すげえ微妙な顔してるぜ。会わせづらいなら、無理に催促したりしねえよ」

鋭いなぁ。それとも、それだけ私が狼狽《ろうばい》の色を隠せていないということだろうか。

「お前の妹が引きこもりでも、駄目人間でも、軽蔑なんてしない。俺の方が、よっぽど重症だからな」

「違います。本当に、そんなこと思ってないんです。舞原さんに真奈を会わせたくないわけないじゃないですか」

「だったら良いけどさ。お前、泣きそうな顔してるから」

真奈は司書さんに会いたいと言っていた。

私も心の底から、舞原さんに真奈を紹介したいと思っている。

だけど、そう、だけど……。

お店を出て、最寄り駅までの歩道を二人で歩いていた。

今年はまだ雪を見ていないけど、真冬の外気は肌を刺すように冷たい。

吸い込んだ空気は肺の中で血液に溶け、ゆっくりと鼓動に変わってゆく。

駅に到着し、切符を買う舞原さんを隣で眺めていたら、

「結城《ゆうき》さん？」

不意に背中から声をかけられ、振り返ると、かつて勤めていた会社の同僚がいた。

「やっぱり、結城さんだ。うわ、久しぶり」

「山南《やまなみ》さん……。お久しぶりです」

目の前にいるスーツ姿の彼、山南秀明《やまなみひであき》さんは前の職場に一年遅れで入社してきた後輩だった。といっても彼は大卒なので、私より年上だ。恐ろしくギターが上手くて、会社の忘年会でトリを務めていたことを鮮烈に記憶している。会うのも七年ぶりだろうか。

「今、千桜《ちざくら》インシュアランスに勤めてるんだろ？　結城さんなら不思議じゃないけど、凄いキャリアアップだよな」

「運が良かっただけですよ。合同就職説明会に通ってるところを、前の取引先の方に見つかって、結局、紹介で千桜に」

「え？　結城さん、転職活動してたの？」

山南さんは私の話に吹き出す。

「あー。酷い。結構、苦労してたんですよ。高卒の中途採用がある企業をリストアップするだけで大変だったんですから」

「うちに勤めてた時、何度かヘッドハンティングされかけてたじゃない。君が辞めてから大変だったんだぜ」

「すみません。ろくに挨拶もしないで……」

「ああ。大丈夫。責めてないし、事情は分かってるから」

私が前の会社を退職したのは、上司との恋愛関係がこじれたせいだ。元彼は私と付き合っていることを周りに吹聴したがる人で、当たり前のように同僚たちはあの恋愛にまつわるゴタゴタを知っていた。

「あんな男と付き合わなくても、結城さんを好きだった奴はほかにもいたんだけどな」

今その話をされると、後ろで興味なさそうに路線図を眺めてる舞原さんにも聞かれてしまう。

「もてない女は本気にしちゃうので、あんまり褒めないで下さいね」

「本当だって。うちにいた時、結城さんは仕事が恋人っていうか、頑張りすぎだよってくらい働きまくってたでしょ？　それで声かけづらかったんだよ」

どうしよう。このまま話が長くなるのも困る。

「あの、待たせている人もいるので、私はそろそろ……」

「ああ。急に呼び止めちゃって、ごめんね。何かすげえ懐かしくてさ。じゃ、お疲れさん！」

軽快な笑みを残して山南さんは構内から出て行き、ロータリーの前にいた女性が、彼に向かって手を上げた。そっか。彼は仕事上がりに、これからデートなのか。

少しだけ前の職場の同僚たちを思い出したけど、所詮は昔の話だ。かつての仲間への親愛も、冷めてしまった元彼への想いも、もう私の引き出しから出てくることはない。時は流れ、私たちの生きる場所は変わっていく。

山南さんが去り、再び閑散とし始めた駅の構内。

切符を片手に、舞原さんが怪訝そうな目で私を見ていた。

「すみません。お待たせしてしまって」

「そんなのは別に良いよ。つーか、お前、千桜で働いてるのか？」

「はい。中途採用ですけど」

「そっか……」

どういう意味だろう。舞原さんは何か言いたそうにしていたが、せっかくのデートだ。ハイソサエティなOLの話ならともかく、貧乏人の苦労話なんて聞いても面白くないだろうし、どうにかして話題を変えたい。

再度、帰宅のための電車に二人で揺られながら、

「さっきの話なんですけど、やっぱり、舞原さんに妹を紹介したいです」

流れる景色を見つめる彼に、それを告げてみた。

「ああ。お前の妹なら会ってみたいよ」

「私、次のお休みが五日後なんです。舞原さんは何か予定はありますか？」

「いや、特にねえな。お前らの都合に合わせるよ」

好きな人との次があるというのは幸せなことだ。それだけで、明日からの仕事も頑張れる気がする。もうすぐ今日のデートも終わってしまうけど、私たちには次がある。

それは、とても素敵なことだった。

私たちの街に電車が到着し、先にホームへ出た彼が、骨ばった手を天に翳した。

釣られて夜空を見上げると、
寂莫《せきばく》たる闇夜を背景に、粉雪がちらついていた。

「……雪だ」

「今年、初めてですよね」

「そうだったかもな」

舞原さんの手の平に落ちた雪の破片が、彼の熱で溶けてしまう。

ホームの灯りに照らされ、ゆらゆらと舞い落ちてくる雪は何処か幻想的だ。

彼の死んでしまった妻の名前は、雪に蛍と書いて舞原雪蛍《まいばらゆきほ》。

光に照らされた雪は、まるで彼女の涙のようだった。


それから。

あっという間に五日間が過ぎ、舞原さんに真奈を紹介する日がやってきた。

その日は気温とは裏腹に、蒼天《そうてん》が抜けるように高い、よく晴れた日で。

午後一時、私は約束の場所へと向かった。

どうしてここを待ち合わせ場所にしたのか。もしかしたら彼は不思議に思うかもしれない。交差点の一角、供えられた季節の献花の向かいに、大通りを挟んで小さなお花屋さんがあり、私が指定したのは、そのお店だった。

店内にまだ彼の姿はない。

陳列された花々を眺めていると、高校生の頃、別のお花屋さんでアルバイトをしていた時の記憶が甦《よみがえ》った。

水を使うことが多いから手が荒れてしまうのは避けられないし、肉体労働も多くて、腰を痛めそうになってしまったこともある。だけど、あの頃の様々な経験が、社会人になった今、生かされているのだろう。

約束の時間を二、三分過ぎた頃、舞原さんがやってきた。

「よ。待たせたな」

「こんにちは。今日は晴れて良かったですね」

舞原さんは、店員さんと私以外には誰もいない店内を見回す。

「お前、一人だよな？」

「はい。一人ですね」

「俺の記憶が確かなら、今日は、お前の妹を紹介してもらう予定だった気がするんだけど、もしかして馬鹿には見えない的なアレか？」

「ここにはいませんけど、すぐに紹介しますよ。じゃあ、行きましょうか」

先に出るよう彼を促してから、エプロン姿の店員さんに頭を下げた。

「それじゃあ、また。いつもありがとうございます」

「ええ。どういたしまして。あ。結城さん、これ」

お店を出ようとしたところで、店員さんが花束を差し出してきた。

簡易テープで茎をまとめた、白と淡い桃色のかすみ草。

「閉じかけているもので申し訳ないんですけど、良かったら彼女に」

「すみません。いつも」

「処分するより、愛でてもらった方がこの子たちも嬉しいに決まってますから」

花束を受け取り、お店を出ると舞原さんが不思議そうな顔をしていた。

「お店の人、友達なのか？」

「そういうわけじゃないんですけど、昔から色々と良くしてもらっているんです。あの、ちょっとだけ回り道をしても良いですか？」

「構わないけど」

彼を先導し、片道三車線の大通りを渡る。

そして、交差点の一角、自販機の横に、そっと、かすみ草の束を置いた。

「昔、ここで大きなトラック事故があったんです」

春がくれば、もう四年。随分と時間が経ったものだ。

「こんな近所で事故がありゃ、ニュースか何かで覚えてそうなもんだけどな」

「舞原さんが八王子に引っ越してくる前だと思いますよ」

「それじゃあ、知らねえか」

「はい。じゃあ、行きましょ。真奈の場所まで案内しますよ。電車に乗りたいので駅まで歩きますね」

持参していた使い捨てカイロを彼に一つプレゼントして、それから、駅へと続く並木道を歩き始めた。

駅に到着し、私たちは神奈川方面への電車に乗り込む。

何処へ行くつもりなのかと不思議そうな顔で見られたが、舞原さんは質問を口にしなかったので、笑顔を返すだけで説明するのはやめておいた。どうせ目的地に着けば、すぐに分かるのだ。


どれくらいの時間、揺られていただろう。

海の見える田舎街で、私たちは電車を降りる。

今日で二月も終わってしまう。

晴れ渡った空は蒼く、深く、吸い込まれそうなほどに高い。

私の意図に気付いているわけではないだろうが、真剣な想いがこの胸にあることを感じ取ってくれているのだろう。想いを汲み取るように、彼はただ黙って私の後をついて来てくれた。

改札口を出て、潮の匂いに包まれながら歩き出す。

七、八分ほど歩いただろうか。目的地に辿り着き、私は彼をその前に案内した。

目の前にあるのは、感情のない、ただ存在しているだけの正方形の石。

そこは寂寥感《せきりょうかん》に支配された墓地で、地面に埋め込まれた幾つもの石碑が並んでいる。

そして、目の前の白い石に、ある一人の名前が刻まれている。

「……そういうことかよ」

目の前の墓石を見つめながら、小さく呟いた彼の顔を見ることが出来なかった。

「驚かせてしまって、ごめんなさい。でも、どうしてもあなたに会って欲しかったんです」

「じゃあ、さっき花を供えたのは……」

彼の口から、その続きは零れてこなかった。

どれくらいの間、私たちは沈黙していただろう。

何て言えば、彼を傷つけず、戸惑わせることなく、この想いを伝えることが出来るだろうか。

「私は舞原さんに会った時に気付いてしまったんです」

それは多分、どうしようもない私の、本当の告白だった。

「真奈のために出来ることが一つだけ残っているって、そう気付いてしまった。あなたを好きになって、あなたに選んでもらえたとしたら、私は……」

舞原葵依さん。

自己満足のための恋でごめんなさい。

知りたくもない真相でごめんなさい。

でも、私はどうしても叶えたかったんです。

次の春が来れば、四年になります。

あの子が消えてしまった夜から、随分と長い時が流れました。

どれだけの涙を流し、どれほどの後悔を重ねたことでしょう。

でも、私はあなたと出会って、これが運命だと思った。

あなたを好きになって、あなたに振り向いてもらえたなら私は……。

「真奈のための嘘を、すべて本当に出来る気がしたから」

その墓石に刻まれている名は『結城真奈《ゆうきまな》』。
最愛の、たった一人きりの妹の名前だった。

8

真奈《まな》と司書さんと三人で会う約束をした日。
その日は朝から雪が降っていた。薄っすらと道路も白くなっていて、電車は動いているのかなとか、そんな心配もしながらだったけど、私と真奈は入念に準備を整え、これでもかと暖かい格好をして出掛けることにした。
こうして真奈と二人で出掛けられる日がくるなんて感無量である。ずっと連れ出したいと思っていた真奈と、ようやく外の世界で並ぶことが出来たのだ。

念願叶っての真奈とのデートだ。せっかくだし駅までの道中にあるお花屋さんで真奈の好きなお花でも見ていこう。

私たちは大通りの交差点に面したお店に入り、二人で色々な花を見て楽しんだ。それから、再び待ち合わせ場所へと向かうことにする。


駅前の時計広場。

開花していない雪割草を足元に広げる、その大時計の短針が指す時刻は午後七時。

すっかり街は暗くなっているけど、降り積もった雪が光を反射しているせいで、あまり夜を感じさせない。

私たちは予定時刻ぴったりにここに到着した。本当はもう少し早く来たかったのだが、どうしても司書の奴を待たせたいと真奈が言い張り、お互いの妥協点を模索した結果、この時刻になったのである。

待ち合わせ場所にはまだ、彼の姿はなかった。

「何だよ。遅れてやがるのかよ。女子二人を待たすなんて、お土産も買わせなきゃ駄目だな」

「真奈だって遅れて来ようとしたでしょ」

「でも時間通りに来たもん」

頬を膨らませて真奈は言い切る。

相変わらず自分に都合の良い妹である。


雪は降り続いている。

私たちは駅の構内に入り、時計広場の見えるベンチに腰掛けた。

しんしんと降り積もる雪を見つめながら、ただ彼の到着を待つ。

「レディを待たせるとか、駄目な奴だな。眼鏡、叩き割って良い？」

「でも、待ってる時間もデートのうちだし」

「そういうことを言うお姉ちゃんは死ぬほど可愛いけど、それはそれ、これはこれ。絶対に一番高いコースを注文してやる」

真奈の軽口に合わせて笑いながら、そうやって彼を待っていた。

しかし、三十分が過ぎても彼は現れない。

「お姉ちゃん、司書の携帯番号知らないの？」

「司書さん携帯電話持ってないんだって」

「使えない奴だな」

だんだんと真奈の口数も少なくなっていき、しっかりと防寒対策をしてきたはずなのに、身体も冷えてくる。

時計の短針が八時を指した頃、

「待ちぼうけかもね」

ポツリと、そんな風に言葉を漏らした。

「私、振られちゃったのかな」

「……お姉ちゃんを振る男なんていないよ」

真奈の優しさは嬉しいけど、恋にはきっとタイムアップがある。

「恋愛って難しいなぁ。上手くいかないのは私も一緒だったみたいだね」

精一杯の切なさを込めて呟いた私に、真奈は首を強く横に振る。

「そんなことないよ。真奈のは自業自得だけど、お姉ちゃんは世界で一番幸せにならなきゃ駄目なんだよ」

「ありがと。でもね、振られるのは辛いけど、それで、少しでも真奈の痛みを理解出来るようになるなら、別に良いかなって思ったりもするんだよね」

真奈がオフ会への参加を果たせなかったのは、つい一週間前の話だ。

後悔と反省を重ねた真奈の気持ちを誰よりも理解してあげたかったし、上手くいかないのは真奈一人だけじゃないのだということも知って欲しかった。

寒気に震えながら座っていた弊害だろうか。固まってしまった関節が痛む。

「よし。美味しい物でも食べに行こうか。フランス料理のフルコースは無理だけど、真奈が食べたい物なら何でも良いよ。何が食べたい？」

「味噌ラーメン！」

「よし。じゃあ、今日は奮発して餃子《ギョーザ》もつけちゃおうね」

「炒飯《チャーハン》も食べる」

「良いよ。二杯食べても良いよ」

恋に破れた姉を想い、泣きそうになってくれていたのだろう。

真奈は強引に目元を拭い、立ち上がると私の右腕に絡み付いてきた。

電車に乗り、以前、クライアントさんに薦められたお店に私たちは向かった。

追加で注文した餃子に炒飯。

思う存分を腹に入れ、真奈は満足そうに笑う。

いつ見ても思うのだが、真奈の食事姿は豪快で気持ち良い。好き嫌いが多いくせに、大好きな物は本当に美味しそうに食べるのだ。

お店を出ると雪もすっかりやんでいた。

「あーあ。帰りもお姉ちゃんと相合傘したかったのにー」

「じゃあ、美味しかったし、また二人で来ようか」

「うん。雪か雨の日が良い！」

そんなに相合傘が気に入ったのだろうか。

私の傘は大きくないし、雪なら良いけど雨だと肩がびしょ濡れになりそうだ。

真冬の空気は冷たくて、張り詰めているから、気付かぬうちに、背筋も真《ま》っ直《す》ぐになる。そんな礼儀正しい冬の匂いが、私は好きだった。

真奈と並んで歩く帰り道。

何処にでも転がっている普通の日常だけど、私はこれが当たり前の幸せではないことを知っている。

帰り道の駅ビルに雑貨屋さんを見つけ、真奈が立ち寄りたいと言い出した。

お姉ちゃんに内緒で買いたい物があると言われ、五分ほど待っていたら、小さな紙袋を抱えて真奈が戻って来た。

一体、何を買ったんだろう。まだ秘密なのと真奈は嬉しそうに言って、それから、私たちは帰宅のための電車に乗った。


二人で並んで吊り革《かわ》に掴《つ》まり、同じリズムで揺られながら帰宅する。

帰宅のためには、時計広場の前を通らなければならない。

改札を出る前から真奈はまた無口になり、緊張したように私の右腕に絡まってきた。

薄っすらと雪化粧の残る時計広場、人待ちをしている姿はない。

私のことを待っている人なんていない。真奈は辺りを見回し、それから、

「お姉ちゃん。……ありがとう」

ポツリとそう言った。

「ん？　何が？　ラーメン？」

「そうじゃないよ。真奈のために嘘をついてたんでしょ？」

穏やかな口調で告げられた言葉の真意が分からない。

「……どういう意味？」

真剣な眼差しで、真奈は真っ直ぐに私の目を見つめる。

「本当は、いないんでしょ？　司書なんて」

刺すような冷たい風に吹かれながら、真奈の言葉の意味を想った。

「お姉ちゃんは真奈のために嘘をついてくれたんでしょ？」

真奈から目を逸らせなかった。

「……いつから、それを？」

「最初からだよ」

「最初って……」

「お姉ちゃんが真奈に、好きな人がいるかもって言ってきた時から」

そんな。じゃあ、半年前のあの日から、ずっと真奈は……。

「だって、図書館で働いてて、眼鏡男子で、身長が百八十センチ以上あって、目つきが悪くて、年上のAB型で、そんなの全部、真奈の理想を並べただけじゃん。そんな奴、現実にいるわけないもん」

「でも……」

真奈は首を横に振って私の言葉を遮った。

「真奈は別に怒ってないよ。ありがとうって言ったじゃん。お姉ちゃんは真奈を外に連れ出すために、必死で嘘をついてくれたんでしょ？　外に出て行く勇気も、きっかけもない真奈のために、外は楽しいんだよって、こんなに楽しいことがあるんだよって、嘘をついてくれたんでしょ？」

何もかもを包み込むように微笑む真奈は、泣いてるみたいな笑顔だった。

「知ってたよ。真奈はお姉ちゃんが大好きなんだもん。お姉ちゃんのことなら、何でも分かるんだよ。今日もオフ会に行けなかった真奈が惨めな気持ちにならないように、自分も振られたんだって、そうやって仲間になろうとしてくれたんでしょ？」

「真奈、ごめん。私……」

「だから謝らないでよ。真奈がお姉ちゃんを怒るわけないじゃん。二人ぼっちの姉妹なんだよ？　お姉ちゃんが真奈のことをいつも一番に考えてくれていることを知ってるもん。だからね、もう嘘はつかなくて良いんだよ」

涙が溢れてきた。おかしいな。ずっと、私は真奈を救うために嘘をついてきたはずだったのに。気付けば、励まされていたのは私の方だった。

熱い一筋の涙が頬を流れ、白い雪に染み込んでいく。

「へへへ。真奈、気付かない振り上手かったでしょ？」

「真奈、ごめん。本当にごめんね」

泣きながら謝る私に真奈は抱きついてきて、

「泣いてるお姉ちゃんは可愛いなぁ」

心底嬉しそうに、そう言った。


思い知る。

ずっと、真奈を私が守ってきたと思っていたけど違ったんだ。真奈を守ることで、守らなきゃいけないと思うことで、本当に守られていたのは弱い私の方だった。

真奈がいるから、真奈がいてくれたから、私は心を折らずに生きることが出来た。

覚悟も、弱さも、全部くれたのは真奈だった。

お父さんとお母さんが、子どもだった私たちを残して死んだあの日から、私を支えていたのは、ずっと真奈だったんだ。


私が妹についた嘘が融解した、その夜。

帰宅して、すぐにお風呂場へと向かった。

このボロアパートのお風呂に、自動で温度を調整出来るような機能はない。今日で二月も終わるけど、こんなに冷える夜だ。熱過ぎるぐらいのお湯を張ろう。

お風呂の準備を終えて居間に戻ると、久しぶりに真奈がパソコンを立ち上げていた。

オフ会に参加出来なかったあの日以来、真奈はずっとネットからも離れていたのだけれど……。

後ろからモニターを覗くと、真奈が開いていたのは求人サイトだった。

「お姉ちゃん。真奈ね、少し頑張ってみようかな」

「それって……」

「アルバイトでもしてみようかなって。そう思うの」

振り返った妹の目に、薄っすらと決意の涙のようなものが滲んでいた。


人間は平等なんかじゃない。

能力も環境も心の強度も違うのだ。誰もが同じように頑張れるわけじゃない。頑張れない時があるのは当然のことで、そんな瞬間は多かれ少なかれ誰にだってある。

真奈は喘息持ちで身体も弱く、両親は真奈が四歳の時に死んでしまったから、愛されていたという記憶だってほとんどないはずだ。人一倍寂しがりやなのに友達が出来ず、私がいない時はいつだって一人ぼっちだった。

こんな世界を真奈が嫌いになってしまうのは無理のないことなのだ。だって世界は初めから、真奈に優しくなんてしてくれなかったのだから。

だけど、今。

こうして真奈は前を向いてくれた。前傾姿勢で歩く意思を見せてくれた。

偉いよ、真奈。

お姉ちゃんは、真奈の味方だからね。

ずっと、隣で真奈を見守っているからね。

「ねえ、お姉ちゃん」

隣に座り、真奈が私の肩に頭を預けてきた。

「真奈、ずっとお姉ちゃんの恋に反対してたでしょ？」

「うん。あれは、ちょっと寂しかったかな」

「お姉ちゃんが真奈より誰かを大切にするのは嫌だけど、でも、本当はね、お姉ちゃんに彼氏が出来たら、ちゃんと祝福しようって思ってたんだよ」

思わず苦笑いが零れ落ちる。

「それ、本当かな」

「本当だよ。信じてよー」

真奈は私の肩から頭を離し、頬を膨らませる。

「ごめんね。真奈がそう言うなら信じるよ」

「うん」

私の言葉に満足そうに頷き、真奈はセーターの下から何かを取り出す。それは駅ビルで真奈が買ってきた紙袋だった。

「はい。これ、見て」

真奈には毎月お小遣いをあげていたし、時々、通販やネットで買い物をしているのを見たこともある。だけど、真奈が買うのは大抵、ゲームソフトやパソコンの備品だった。一体、雑貨屋で何を購入したんだろう。

紙袋を開けてみると、中から出てきたのは携帯電話につけるストラップだった。透明なプラスチック製のウサギがついた可愛らしいストラップ。

どういう意味だろう。真奈は小さい頃からウサギが大好きだったけど、あの事件があって以来、トラウマになっていると思っていた。これは……。

「お姉ちゃんにプレゼント」

「でも、真奈。これウサギだよ？」

「そうだよ。あれ？　お姉ちゃん嫌いだったっけ？」

首を横に振る。そんなことない。だって、私は動物が大好きだもの。でも、真奈の過去の傷が……。

「真奈ね。もう、逃げるのはやめようと思うの。好きなものを、胸を張って好きになりたいんだ。だから、例えば将来、お姉ちゃんに好きな人が出来たら、やっぱり、その人のことも好きになりたい。だって、その方が、お姉ちゃんも嬉しいでしょ？」

力強く頷く。真奈は、きちんと前を向いてくれた。いつまでも駄目になったままじゃなかったのだ。

両目から熱い涙が零れ落ちる。

「お姉ちゃんとお姉ちゃんの好きな人を、真奈も頑張って応援するよ。だから、そういう人が出来たら、ちゃんと報告してね」

真奈はとびきりの笑顔で私を見つめて、

「頑張れ、お姉ちゃん」

お気に入りの歌でも口ずさむように、そう言った。

私にはいつだって味方でいてくれる妹がいる。

どんなに私が平凡な女でも、真奈だけは必ず頼りにしてくれる。

無邪気に微笑む真奈が、たまらなく愛おしい。

世界中の誰よりも大切だった。


困った時だけ神頼み。

そんな都合の良い自分に情けなくもなるけど、神様、お願いです。

私ならどんなに傷ついても構いません。だから、真奈が悲しい涙を流さなくてもすむように守って下さい。真奈のことだけは見捨てないで下さい。


明日も、一年後も、十年後も。

どうか真奈だけは、とびきりの笑顔で笑えますように。

最終話
私の愛は小さいけれど

1

安寧の陽春。

アルバイトを始めたいと言って面接に出掛けたその日。

今でも季節の献花が供えられるあの交差点で、真奈《まな》は交通事故に遭い、あっけなくこの世を去ってしまった。

次の春がくれば、真奈が死んでしまってから、もう四年が経ってしまう。

あっという間な気もするし、それがつい昨日の出来事だったようにも思う。

一日だって忘れられないまま、それでも時は流れている。

あの日、病院の霊安室で、呼吸をしていない真奈と、呼吸を止められない私は、やっぱり二人きりだった。

笑顔で家を出て行ったはずの真奈が、もう笑ってくれない。

何の感情も交えない、ただ火葬するだけの葬儀を終え、会社のつてで海の見える共同墓地を紹介してもらった。

あまりに蒼い空の下、真奈は墓石の中で永遠の眠りにつく。

そうやってすべてが終わっても、真奈がいないという実感が湧かなかった。妹が死んでしまったことを頭では理解しているけど、心が受け入れられない。

この世界にたった一人で残され、生きる意味が急速に霧散していく。もう何もかもがどうなっても構わない。誰も私を頼りにしていないのに、それでも生きていかなきゃならないなんて意味が分からない。

しかし、感情に任せて自暴自棄になりかけていた心に、理性が現実を思い出させる。

当時、私は初めて、あるプロジェクトの責任者に任じられており、前に進めずとも後退は許されていなかった。

自らの手中に進退の選択権を持たず、磨耗しきった精神で会社に現れた私を心配した長嶺凜《ながみねりん》は、その企画から私を降板させるよう役員に訴える。仲間たちも気を利かせ、しばらく休むようにと勧めてくれた。だが、中核を担って最終盤まできてしまったプロジェクトから、その時点で離脱することのリスクは誰よりも理解している。

私が降板したせいで失敗したとして、その損失を補塡《ほてん》出来るとは思えなかった。

私を拾い、信頼を預け、ついには責任者に任じてくれた千桜《ちざくら》インシュアランスの恩に、仇《あだ》なすわけにはいかない。


あの頃を振り返り、今になって思うことがある。

私は頑張ったのではなく、逃げたのだ。

真奈の死と向き合うことが怖くて、それを認めることが出来なくて、仕事をすることで自我を保とうとしていた。悲しみを麻痺《まひ》させ、倒れんばかりに働くことで、心の鈍痛を紛らわせる。そうやって私は目を逸らそうとしていた。

しかし、帰宅して妹のいない部屋で一人きりになれば、逃避の手段も失われる。

毎日のように、夢に寂しがりやの真奈が現れ、感情的に訴えてくる。

「一人は嫌だよ。お姉ちゃんと一緒にいたいよ」

触れられない距離で囁いてくる真奈に、返す言葉を持たなかった。

一人ぼっちになってしまった部屋で、半端な熱に浮かされながら、眠れない夜ばかりを過ごしていた。真奈がいないのに、私はどうして生きているんだろう。どうしてこの心臓は止まらないんだろう。暗澹《あんたん》たる思いに囚われ、心が軋んでいく。

凍えるような夜の帳《とばり》に慟哭《どうこく》し、答えの出ない問いを繰り返す日々だった。

真奈の死から三ヶ月が経って。

私は初めてのプロジェクトを成功させたことで昇進し、凛の推薦を受けて、更に大規模なプロジェクトのメンバーに抜擢《ばってき》される。そして……。

ある大切な会議でのプレゼンの最中、突然、酷い吐き気に襲われた。続けざまに腹部を激痛が襲い、急速に目の前が暗くなって、気付けば喉《のど》の奥から真っ赤な鮮血が吐き出されていた。

そうか。こうやって人は病むのか。

鉄みたいな血の味を舌で感じながら、崩れていく膝と、霞《かす》んでいく視界がうらめしかった。

心を殺せば、人は死ぬ。

私はこうやって死ぬのだろう。そう思った。

目を覚ました時、私は見知らぬ病院のベッドの上にいた。

溢れた血液の量に、自分は死んだと思っていたけれど、人間の身体というのは、ロマンティックとは程遠いまでに頑丈に出来ているらしかった。

たった一週間の入院で回復し、退院を許可される。真奈に会えるなら死んでしまっても構わないとさえ思っていたのに、楽園までは随分と距離があったようだ。

プロジェクトの途中で倒れて離脱し、多大なる迷惑をかけたのに、会社は私を見捨てなかった。

退院後、社長命令で無理やり有給を取らされ、毎日のように凜がお見舞いに来てくれた。どうしてこんな矮小《わいしょう》な自分を見捨てないでいてくれるんだろう。私は真奈のことで頭がいっぱいで、仕事でもミスを繰り返していたのに、どうして見限らないでいてくれるんだろう。

真奈を失った世界で、それでも私には居場所があった。

有給を消化した後でも会社は私を必要とし、認めてくれている。

復帰後、新しい部署に配属され、随分と年上の部下たちを抱えることになってしまう。過分な評価だと固辞することも許されず、実力に見合わない役職に萎縮している暇もなかった。与えられた場所で自分の務めを果たすこと。私に出来るのは、ただ、それだけだった。

帰宅しても誰もいない、一人きりの部屋。

名状しがたい孤独の中で真奈の遺品に囲まれ、私はいつしか呼吸するだけの人間になっていく。

思い出してしまえば傷口が開いてしまう。

振り返ってしまえば、涙が止まらなくなる。

真奈のことなんて一秒だって忘れられないくせに、自分でもよく分からないまま、無理やり蓋を閉めたのだろう。

施設を出てからの六年間、寮母さんの言葉を守り、真奈が書き続けた手紙は今も缶の中で眠っているけど、私はどうしてもそれを読むことが出来なかった。

読んでしまえば、本当に認めなくてはならなくなる。もう二度と、真奈からの新しい言葉や我がままは聞けなくなってしまう。許されるなら、もう少しだけ真奈の死から目を逸らしていたかった。

凛に書籍の返却を頼まれ、数年振りに図書館を訪れた運命のあの日。

舞原葵依《まいばらあおい》さんを目にした私は、心臓が止まるかと思った。

真奈についた嘘を絵に描いたような男が、司書をしているのだ。

背が高くて、眼鏡の下に覗く目つきが悪くて、ぶっきらぼうな図書館の司書さん。私は運命なんて信じないけど、もしもこの恋が成就したら、何かが変わるかもしれないと思った。彼の名前すら知らないのに、その偶然の出会いを、必然にも似た何かに変えたいと思った。そう願ってしまった。

その恋を叶えることが出来たなら、私が真奈についた嘘でさえ、時を越えてすべてが真実になる。真奈への優しい想いが、もう一度、息吹《いぶ》くことになる。

今思えば、半年前のあの日、書籍の返却を凜が頼んできたのは、偶然ではなかったのかもしれないと思ったりもする。

明晰な頭脳を持つ凜は、社内でも重要なポストについており、あけすけな言動で奔放に振舞って見せることが多いけど、私は彼女以上の知略家を知らない。

かつての私と真奈の会話を覚えていた凜が、図書館で舞原さんの存在を知り、男に見向きもせずに働き続ける私のために、悪戯心で仕組んだお節介だったという可能性は十分にある。穿った見方をし始めれば、何だって考えられる。私が真奈についた嘘に合致する人物をわざわざ探してきた可能性すらあるだろう。

問い詰めても凜は本当のことを話さないだろうし、確認するつもりもないけど、私と舞原さんが出会ってしまった事実だけは変えられない。

それが偶然でも、作為でも、私は出会ってしまった。

彼に辿り着いてしまったのだ。

妻を失ったという彼の痛みを知った時、心が共鳴したと思った。

喪失の痛みを私は現在進行形で飼っている。

愛する人を失った世界が、半分にひび割れてしまうことを知っている。

私は真奈の写真を数枚しか持っておらず、そのわずかな数枚も、施設にいた頃に撮ってもらった随分と昔の写真だ。

写真立ての中で、真奈はいつでも微笑んでくれるし、その笑顔はきっと歳を取らないけど、私は皺も白髪も増えていく。

「お姉ちゃん、老けたね」

そんな風な軽口をもう一度聞けたら、どんなに幸せだろう。

どんなに厳冬が続いても、必ず爛漫の春はやってくる。

「真奈。行ってきます」

返事の返ってこない居間の向こうに、挨拶の言葉を届けて。

晴朗なる蒼空の下、私は今日も仕事に出掛けてゆく。

2

今年も三月九日がやってきた。

テレビラックの中から、お互いへの手紙を入れておいた缶を取り出し、テーブルの上に置いてみる。

真奈《まな》が死んだ時、残された私が手紙を書く意味は失われてしまったし、妹の手紙を読む勇気もなかったから、ずっと、この缶は開けられないままだった。最後にこの蓋を閉じてから四年。錆《さ》び付いているかもなんて懸念もあったのだが、あっけないほど容易《たやす》く缶の蓋は開いてしまった。

真奈の分と私の分、それぞれ七通の手紙をテーブルに並べてみる。

私は舞原葵依《まいばらあおい》さんと出会い、ようやく、未来を想うのも悪くはないかもしれないと思えるようになった。真奈は思い出の中にしかいないけど、舞原さんは未来にしかいてくれない。

ねえ、真奈。

お姉ちゃん、真奈の手紙を読んでも良いかな？

そうやって少しだけ先に進んでも、真奈は赦《ゆる》してくれるかな？

一通目の手紙。

真奈が十一歳で私が十九歳。

寮母さんに言われて初めて書いた手紙の封を切る。

当時の予測は、やはり当たっていたようだ。記されているのは数行。

『お姉ちゃん、いつもごめんなさい。私はお姉ちゃんより八つも年下だから、絶体にお姉ちゃんより先に死にません。だから、もしも死んじゃってたら、ごめんなさい』

真奈は嘘つきだな……。

死なないって、そんなことを約束するなら、ちゃんと守ってよ。

漢字だって間違ってるよ？

決して綺麗とは言えない真奈の筆跡の上に涙が零れた。

ああ。やっぱり駄目だなぁ。

こんなのを読んじゃったら、哀しみに心を全部持っていかれる。

二通目の手紙。

十二歳、真奈が小学校を卒業した年だ。

『お姉ちゃん。一年間ありがとう。あんまり学校にいけなくて、ごめんなさい。中学生になったら、もうちょっと学校にいきたいです。お姉ちゃんの料理は世界で一番おいしいです』

真奈の字は去年より綺麗になっていた。相変わらず文章は短いけど、でも、確かに成長している。

こういうのも知っていたなら、ちゃんと褒めてあげたかった。真奈の良いところは、お母さんの代わりに、私が全部褒めてあげたかったのに。

中学生になってからは、学校のテストを見せてくれなくなったし、嫌がるものを無理に見るのも気が引けて、通知表の保護者印も自分で押させていた。

保護者面談の度に、居たたまれないような顔を見せる真奈が可哀想で、思春期の頃は特に気を遣ったものだ。

三通目も、四通目も、五通目も、やっぱり記されているメッセージは数行の簡潔なものだった。

自分が死んだ後のことを考えてというより、その年に真奈が私に対して思っていたことが綴られている。そういえば、あの頃はあんなことがあったよなとか、不意に思い出が甦ると、懐かしくて心が締め付けられる。

そして、十六歳。真奈が引きこもっていた頃に書かれた六通目の手紙には、少しだけ変化が生じていた。手紙の封を切ると、二枚に渡って文が綴られていたのだ。

その便箋を前にして思い出す。その年の三月九日、仕事から帰宅して手紙を書こうとしたら、

「真奈は昼間にもう書いちゃったよ」

そんなことを真奈は得意気に言っていたのだ。あの時は、面倒臭いのが嫌で、さっさと済ませてしまったのかと思っていたのだけれど……。

『お姉ちゃん。いつも心配かけてごめんなさい。高校もやめちゃったし、真奈なんか引きこもりだし、きっと、お姉ちゃんにはいっぱい悲しい思いをさせてるよね。嫌な思いもしてるよね。本当にごめんなさい』

私は妹を迷惑に思ったことなんて一度もないのに、十六歳になっても真奈は謝ってばかりだった。

『今年は少しだけ昔の話を書いてみるね。お父さんとお母さんが死んだ時、真奈はまだ四歳だったから、あまり二人のことは覚えてないんだ。でもね、今でも忘れられない風景があるの。お姉ちゃん、覚えてるかな？　お父さんとお母さんが私たちを残して死んじゃったあの日。真奈はお昼からお隣さんの家に預けられていたんだ』

どうして真奈はこんなことを書き始めたのだろう……。

『夕方になっても誰も迎えに来てくれなくて、真奈、一人で帰ることにしたのね。そして、帰ったら、お姉ちゃんがたった一人で泣いてたの。真奈が帰って来たことにも気付かずに、お姉ちゃんは泣きじゃくっていた。あの時は子どもだったから意味が分からなかったけど、きっと、お姉ちゃんはお父さんたちの遺書を読んだんだよね。真奈は文字が読めなかったし、死ぬってことの意味も分からなかったけど、お姉ちゃんが泣いてるのだけは悲しかったんだよ。たった一人でお姉ちゃんが泣いてる姿だけは、今でも忘れられないんだ』

閉じ込めていた記憶が、真奈の言葉で甦る。

あの日の夕方、私が学校から帰ると、台所のテーブルの上にホールケーキが用意されていて、その隣には二人の遺書が置いてあった。

お父さんとお母さんは、長年、鬱病を患っていたらしい。

子どもの頭ですべてを把握出来たわけじゃないけど、私と真奈を残して両親が死んでしまったことだけは理解出来てしまった。

『真奈ね。泣いてるお姉ちゃんを見たあの日に思ったんだ。お姉ちゃんを一人きりにしちゃ駄目だ。お姉ちゃんが帰って来た時には、必ず真奈が家にいなきゃ駄目だって、そう思ったの。そうすれば、お姉ちゃんも寂しくないでしょ？　もう一人で泣かなくてすむでしょ？　真奈が高校を退学したのは別の理由だけど、でもね、家でお姉ちゃんを待っているのって好きなんだ。引きこもりの妹なんて情けなくて、迷惑ばかりかけちゃってるけど、お姉ちゃんを家で一人きりにしたくなかったの。最初は本当に、それだけだったんだよ』

予期せぬ真奈の想いに遭遇し、言葉が出なかった。

『ごめんね。いつの間にか外に出ることが怖くなって、真奈は引きこもりになっちゃったけど、最初は、お姉ちゃんが心配だっただけなんだ。本当に駄目な妹で、ごめんなさい。お姉ちゃんを助けたかったのに、気付けば真奈が助けられてばっかりだったよね』

そんなこと、一度も言ってくれなかったじゃない。

全然知らなかった。気付きもしなかったよ。

『お姉ちゃんみたいに優秀に生まれてこれなくて、ごめんね。でも、いつもありがとう。お姉ちゃん、今年も大好きだよ。お願いだから、いつまでも真奈を嫌いにならないでね』

私が真奈を守らなきゃと思っていたのと一緒で、真奈も私を守りたかったのかな。

嬉しいな。

真奈、凄く嬉しいよ。

涙で視界がぐちゃぐちゃに歪んでいた。

残っているのは、十七歳の真奈の手紙だけ。これで本当に真奈の想いは最後になってしまう。

少しだけ考えた後、私は缶の中にその最後の手紙をそっと戻した。

私は今、十分過ぎるほどに真奈の優しさをもらった。これだけで生きていけると思えるだけの勇気をもらってしまった。

だから、この最後の手紙は、もう少しだけ取っておこうと思うのだ。最後にもう一度だけ、願えば新しい真奈と会うことが出来る。そう思えるだけで、きっと世界は明るくなる。どんなに苦しい時がきても、最愛の妹と、もう一度だけ会える。そんな希望が残されているだけで、どんな苦難も乗り越えられるだろう。

真奈、本当にありがとう。

私はもうちょっと生きてみるよ。

やっと、好きな人も出来たんだ。

その人は眼鏡の司書さんでね、真奈もよく知っている人だよ。

だから、もう少しだけ、そこで見守っていてね。

きっと、今度は応援してくれるよね。

3

もう、舞原《まいばら》さんに隠していることはない。

私が彼を好きになった理由も、彼を振り向かせたかった酷く個人的な理由も、すべてを舞原さんは知ってしまった。

墓地で真奈《まな》のことを告白した日。

結局、私たちは別れ際まで一言も喋らず、最後の言葉も別れの挨拶だけだった。

今、舞原さんが私のことをどう思っているのかは分からない。

彼自身に惹かれたから、恋が始まったわけじゃない。それを告げるのが失礼なことであると分かってもいたけれど、私は言わなければならなかった。それを告げなければ、本当のスタートは切れない。

きっかけはどうあれ、脆い心を持つ彼を好きになってしまったのは事実だし、何より私には願っていることがある。

好きな人には、ありのままますべてをぶつけても微笑んで欲しい。そんなことを願う程度のロマンティックは、私の中にも存在している。


残業を終え、時刻は午後十一時。

最近は終業時刻が終電間際になってばかりだ。

仕事は楽しいし、やりがいも感じているけど、ここのところ妙に疲れが取れないように感じるのは、やはり歳のせいなんだろうか。

真奈がいた頃は、どれだけ遅くなっても、よっぽどじゃない限り帰宅後に二人分の夕食を作っていたけど、最近は料理もサボり気味だ。自分のためだけに料理に時間を割くのは難しい。

今日も今日とて、タイムサービス付きのお弁当をスーパーで購入し、日付が変わるか変わらないかという時刻に帰宅する。

明日は一週間ぶりのお休みだし、久しぶりに目覚ましをセットせずに眠ろうかな。

馳せる夢が惰眠だけという、完全に女として終わっている私だったが、ちらつき始めた弥生《やよい》の雪を気にしながらアパートの階段を登ると……。

「よう」

私の部屋の向かいの壁に寄りかかっている背の高い男の人がいた。

「遅いじゃねえか。毎日、こんな時間に帰って来てんのか？」

えーと……。

状況が上手く把握出来ない。

目の前にいるのは、私が絶賛片想い中の舞原葵依《まいばらあおい》さんだ。

とりあえず、好きな人の姿を目にして体力は回復したんだけど、どうして彼がここにいるんだろう。

「もしかして心配してくれてました？」

「悪いか？」

口調はぶっきらぼうだけど、それが照れ隠しだったら嬉しいな。

「どっちかって言うと光栄ですけどね」

「じゃあ、気をつけろ。夜道の一人歩きなんて、女がするもんじゃねえだろ」

「駅からは自転車なので大丈夫ですよ。ずっと大通りですし、体力作りのために立ち漕ぎで全力疾走ですし」

これ、言い訳になっているのかなぁ。

「薄々感じてはいたけど、お前ってさ、ちょっと頭おかしいよな」

舞原さんは苦笑しながら、そう言った。

ん？　どうして笑われたんだろう。私、変なこと言ったかな。

「あのー……」

「ん？」

「どうしてここが分かったんですか？」

妖精さんとは携帯番号とメールアドレスを交換しているけど、図書館以外で会ったことはないし、住所を教えた記憶もない。

「お前の図書カードの登録情報を見た」

「それって個人情報じゃないですか。職員さんは私的に利用しても良いんですか？」

「良いわけねえだろ。常識で考えろ」

彼の答えに思わず笑ってしまう。何で私が怒られてるんだろう。

「駄目じゃないですか」

「ああ。駄目なんだよ。でもな、自分に惚れてる女の住所を調べるくらいなら、司法も大目に見てくれんだろ」

はっきり言うなぁ。

やっぱり恋愛は惚れた方が負けなんだろうか。

「ありがたく思えよ。妹が死んで落ち込んでんじゃねえのかなって心配してたんだ」

「そりゃ、落ち込んでますけど。でも、真奈が死んだのはもう何年も前の話ですよ」

彼の両目が細くなる。

「……そんなに前だったのか？」

「はい。え？　いつだと思ってたんですか？」

「てっきり、つい最近だとばかり……」

「言ったじゃないですか。舞原さんは、私が妹についた嘘の彼氏像とそっくりだったんですよ。だから一目惚れしちゃったんですもん」

「そういえば、そうだったな。そっか……」

やっぱり、この人、天然なんだろうな。可愛いなぁ。

しばし考えた後で、舞原さんは後ろに隠し持っていたスーパーの袋を掲げた。お土産だろうか。

「お前には世話になったからな。お礼に料理を作ってやろうと思ったんだよ。三時間もこんな寒空の下で待たされるとは思わなかったけどな」

「すみません。まさか舞原さんが私の家に遊びに来るなんて思わなかったので」

「で、良いのか？　入って」

「はい。大丈夫ですよ。うちはいつでも綺麗ですから」

舞原さんが眉根《まゆね》を寄せる。

「お前、今、軽く俺のこと馬鹿にしただろ」

「してないですよ。事実です」

「余計に悪いじゃねえか」

何だろう。とても不思議だ。

彼と私はただの図書館職員と利用者で、接点なんてほとんどなかったはずなのに、いつの間にか普通の友達みたいになっている。

私の部屋に入った彼は、居間に並べられている写真立てに目をやり、憂いを帯びた表情を浮かべて、

「お邪魔します」

小さく真奈に囁いた。

そういう何気ない気遣いが凄く好きだった。

「レンジある？」

「はい。ありますけど、何か温めますか？」

舞原さんがスーパーの袋から取り出したのは、冷凍食品とカップラーメンだった。

「先に断っとくけど、俺が出来る料理はこれしかねえからな。ただ、その中でも厳選してきたんだぜ」

ははははは。

本当に駄目な男の人なんだなぁ、この人は。

「毎日、こんな食生活なんですか？」

「あとはコンビニ弁当だな」

「カロリーバランスとか考えてます？　野菜も摂らなきゃ駄目ですよ」

舞原さんは言い訳を探すように視線を逸らした。

「お前って母親みたいなこと言うよな」

「お姉ちゃんですからね。お姉ちゃんはそういうものです」

それから。

舞原さんの作ってくれた、いや、正確に言えば、温めたり、お湯を入れたりした食事を食べて。何だ、意外とレトルトもいけるじゃないかなんてことに気付いたりもしながら、私たちは真夜中のディナーを楽しむ。

復帰した舞原さんの図書館のお仕事の話とか、真奈との思い出話とか、そういう何処にでもありそうな普通の、でも、とても幸せな会話をして、私たちは微笑みを交換しあった。

ロマンスなどない。

哀しみに裏打ちされた寂しさを共有しあう私たちの交流は、痛々しいだけのものかもしれない。それでも、こうして友達になった。

オフィシャルに付き合って欲しいなぁ。

こんなに寒い冬の夜だ。

私は舞原さんに触れたいと思うし、出来れば恋人にもなりたいんだけど、彼は私のことを女としてどう思っているんだろう。

恋愛対象になれていたら嬉しいんだけど……。

最愛の妻が死んでしまった人って、その後で、別の誰かを愛することなんて出来るんだろうか。別の人を愛しても良いって、自分を赦せるんだろうか。

私が亡くしたのは恋人でも夫でもないから、想像もつかない。

4

夕食を食べ終わり、当たり前のように彼が帰宅した後の部屋で、膝を抱えて考え込んでいた。

真奈《まな》の思い出を愛惜する日々の中で、私はいつしか希望を忘れていたのだろうか。

昨日までと変わらない夜なのに。

もう四年近く、ずっとこの部屋で私は一人きりだったのに。

涙腺《るいせん》が気付かぬ内に弛緩していた。

溢れ出てくる感情を堰《せ》き止められず、知らぬ間に嗚咽《おえつ》が零れる。


寂しい。

苦しい。

哀しい。

逢いたい。

抱き締めたい。

舞原葵依《まいばらあおい》さんのせいだ。

あの人のせいで、こんなにも一人ぼっちに耐えることが苦しくなった。

あなたがいるからだ。

こんなにも愛しくて、呼吸をすることさえ辛《つら》いのは、あなたが世界にいるせいだ。


『お姉ちゃんに将来、本当に好きな人が出来たら、真奈も頑張って応援するよ』

不意に真奈の声が聞こえたような気がして。

顔を上げると、涙で滲む視界の向こう、写真立ての中で真奈が微笑んでいた。

ねえ、真奈。あんたは舞原さんに会ったら何て言うのかな。

ちゃんと、お姉ちゃんを応援してくれる？


気付けば、コートも羽織らずに玄関に走り出していた。

乱暴にスニーカーを履き、扉を開ける。帰宅してから二時間ほどしか経っていないのに、午前二時の世界は白銀色に染まっていた。

真っ白な雪が間断なく降り注ぐ、誰もいない深閑とした闇夜。

優しい雪が降り積もる夜だけは、大好きな人が何処へ向かったのかを知ることが出来る。そうだ。今日だけは、彼の行方が分かるのだ。

雪上に残った舞原さんの足跡を見つけ、傘も差さずにアパートを飛び出す。

はやる気持ちを抑えきれずに雪上を走り出し、足を取られて盛大に転倒してしまった。背中を思い切り打ち付け、呼吸が止まり、痛みに意識が飛びかける。

だけど……。

そうやって仰向けになって見上げた世界は、信じられないくらいに美しかった。

闇の隙間を埋めるように雪が降り注ぐ穏やかな世界。

泣きたくなるほどに綺麗で、何処までも冷たい黒と白の世界。

降り注いでいるのは、ぼたん雪だ。こんな雪が降ったら、あっという間に彼の足跡は消えてしまう。

痛みをこらえながら雪を払って立ち上がり、今度は慎重に、しかし、出来得る限りのスピードで雪上を歩き出す。

彼の足跡を見つめながら、気持ちに急かされて足を速め、よろけたり、時に転んだりもしながら雪道を進む。

気持ちとは裏腹に速度の出ない両足がもどかしい。

息が切れるまで彼の後を追えば、この胸の痛みは和らぐのだろうか。彼に辿り着きさえすれば、この苦しいまでの愛されたい気持ちは満たされるのだろうか。

足跡を辿り、どれだけ雪上を進んだだろう。

不意に目に入ったのは、大通りの交差点、白く染まった世界に光を投げかける自販機の光だった。

かつて真奈が消えた交差点の横で、湯気の立つ缶珈琲を手に、彼が空を仰いでいた。

降り積もった雪が世界の音を奪ったのかもしれない。

自らの呼吸しか聞こえない静かな夜に、新雪を踏みしめていく。

「舞原さん」

私に気付き、優しい目をした彼が振り向いた。

その眼鏡の上に、軽く雪が積もっている。

「よう。また会ったな」

私を見つけて、彼は穏やかに笑った。

「俺、何か忘れ物でもしたか？」

激しい動悸《どうき》がする胸を押さえながら、彼を見上げる。

「……忘れ物をしたのは私の方です」

「うちにか？」

相変わらず天然みたいな答えが返ってくる。

「忘れ物っていうか、言い忘れたことがあるっていうか」

舞原さんは缶珈琲を一気に飲み干し、自販機の横のゴミ箱に放り込む。

「言い忘れたことって何？」

視線と視線が交錯して、

「私と付き合って欲しいんですけど」

彼に胸の想いを告げた。

少しだけ、それはもしかしたら私の気のせいかもしれないけど、彼の顔が歪んだような気がした。そんな気がしたのだ。それから、

「もう……」

そう言って、彼は口ごもってしまう。

そこで切られると、感情のやり場に困る。どうしよう。先を促せば良いんだろうか。

それとも彼の言葉を待つべきなのだろうか。

やがて、白い息を吐き出してから、彼の口の端が上がった。

「俺、もう、お前と付き合ってんのかと思ってた」

「え？」

「一緒に飯食ったり、出掛けたりしてるしな。もう、付き合ってんだと思ってたよ」

ちょっと待って下さいね。状況を整理しますので。

それは、つまり。

「私は舞原さんの恋人ということで良いんですか？」

「違うのか？」

「……あの、いつから付き合ってたんでしょうか？」

舞原さんは首を傾げる。

「いつって聞かれると困るな。でも、お前、何度も告白してきてるだろ。俺、断ってないじゃん。つーか、迷惑だったら女を食事になんて誘わねえし」

うん。言っていることは分かります。分かるんですけど、そして、泣きそうなくらいに嬉しいんですけど。

不意打ち過ぎて、感情が整理出来ない。

「雪蛍《ゆきほ》が死んでたことを話した時、お前、俺に『死にますか？』って言ってきただろ？　あの時、お前にも闇みたいなもんがあるのかなって思ったんだよ。自分の命を絶つような気力は俺にはないけど、お前は無駄に行動力ありそうだしな。ほっといたら死ぬんじゃないかって少しだけ怖くなった。……多分、それが始まりだ」

最愛の妹を失った時、私はもう死んでも構わないと思った。守らなきゃいけなかった真奈を失い、何もかもを終わらせたくなる気持ちを、私は知ってしまった。

「良いんですか？　そこまで知ってるのに、私みたいな女を恋人にしちゃって」

「そんなのこっちが逆に聞きてえよ」

「どうしてですか？」

「自分がどれだけ駄目人間なのか、自覚あるしな」

哀しそうに言った彼が、雪の向こうに消えてしまうような気がした。一度見失ってしまえば、もう二度と会えなくなる。そんな予感さえしたのに……。

舞原さんは自分のコートを脱ぎ、何も言わずにそっと私の肩に掛けてくれた。

言葉のない優しさと、彼の匂いに抱き締められる。

「死んでしまった雪蛍を忘れられなくて、立ち直ることも出来なくて、俺はそんなどうしようもない弱い男だよ。お前はそれを知ってるのに、何でいつまでも好きでいてくれるのか、不思議でしょうがない」

それが本心なら、舞原さんは勘違いをしている。

「どうして雪蛍さんのことで落ち込んだらいけないんですか？　雪蛍さんのことで立ち直れなくなってしまったから、舞原さんが弱いんですか？」

あなたは自分の愛の深さに気付いていないだけだ。

「私がこうして普通の生活を送っているのは、真奈のことを閉じ込めたからです。弱虫は私の方なんです。真奈が死んでしまったことを私は受け止めきれなかった。真奈のことを考えてしまったら生きてなんていけない。怖かった。真奈のいない毎日が怖かった。だから、私は無理やり蓋をして、忘れた振りをして生きてきたんです」

私は真奈のいない人生を受け止めることが出来なかった。だから、逃げたのだ。

真奈を失った世界を認められないまま、目を逸らしながら生きてきた。

「でも、舞原さんは違うじゃないですか。痛みに耐えながら、ずっと雪蛍さんのことを想い続けていたんでしょ？　目を逸らさずに彼女のことを愛し続けたんでしょ？」

だからこそ、私は思い知ったのだ。

私はあなたに逢って、あなたとなら未来を愛したいと願った。愛に深いあなたの隣で笑っていたかった。そういう幸せを願ってしまった。

これから先の人生に真奈はいない。

世界で一番大切な真奈は、もう何処にもいない。だけど、願うのだ。

それがどれだけ愚かなことでも、たとえ愛に背く行為であったとしても。

私は、昨日より明日が素晴らしい日だと信じたい。

真奈はもう何処にもいなくても、未来を過去より愛したい。

「愛することでボロボロになってしまったあなたが弱いなんて私は思わない。そんなのは弱さじゃない。あなたは駄目な人なんかじゃない」

熱を込めて想いを吐き出した私を、舞原さんは見つめて。

溜息でも漏らすようにして小さく笑った。

「やっぱり、お前は変な女だな」

彼の言葉に釣られて微笑みが零れ落ちる。


かつて彼を愛した人の名前には、雪という文字が入っている。

これから先、彼が最期まで彼女を亡くした痛みを忘れられなかったとしても。

真奈を失った痛みに鈍感になる自分自身を赦せなくても。

やがて訪れる爛漫の春を、同じ痛みを経験した彼となら歩いてみたい。

何もかもを包み込むように降り注ぐ淡雪の下で、私たちは今、少しだけその距離を縮めたようだ。

私の愛は小さいけれど。
とても狭量で、脆くて、時に涙も流すだろうけれど。
あなたの吐息で傷つけるなら。
私は今、そんな未来すら愛《いと》おしく思うのだ。

吐息雪色　了

あとがき

この度は拙著『吐息雪色《といきゆきいろ》』を手に取って頂きまして、誠にありがとうございます。

初めましてでしょうか。綾崎隼《あやさきしゅん》と申します。

四冊目にして早くも、あとがきのネタが尽きてしまいましたので、今回は自分のペンネームについて書いてみたいと思います。


私は小さな頃から図書館と書店が大好きでした。いつも素敵な小説と巡り合いたいと思っていて、大抵「あ行」から順番に書架を見て回ります。自分がそういう人間だったこともあり、ペンネームは「あ行」から始めようと思い、『綾』が生まれました。

続く文字は、尊敬するクリエイターさんから頂きました。その方は岡崎律子《おかざきりつこ》さんというシンガーソングライターで、歌詞だけでなく、様々な場面で彼女が使う言葉の美しさに、何度も心を揺らされてきました。そんな憧れの方から『崎』の一文字を拝借し、『綾崎《あやさき》』という苗字が完成しました。

最後に残った名前の『隼《しゅん》』は、本名となります。鳥の隼《はやぶさ》から名付けられたのだと思うのですが、まだ学生だった時分に、こんな出来事がありました。

私の実家にはピラカンサの木があり、秋から冬にかけて、鮮やかな赤い実が沢山なります。ある寒い秋の日のこと、赤い実を食べにツグミがやってきました。小さな頃から生き物が大好きだった私は、実をついばむ彼を一心に見つめていたのですが、それを後ろから見ていた母が、こう呟きました。

「鳥って気持ち悪いよね」

「そうかな。可愛いと思うけど」

「私は嫌い。鳥、生理的に無理なんだよね。近寄らないで欲しい」

「…………。」

それでは、問題です。母は何を思いながら、私の名前を付けたのでしょうか？

哀しい記憶を思い出したところで、ペンネームの話は終わりにしたいと思います。

本作は「雪」をモチーフとした、私の四冊目の小説となります。

これまでに出版させて頂いた小説は、世界観を共有しているものの、物語の関係性は皆無でした。しかし、本作はデビュー作の三年後を舞台としており、これまでの作品から幾人かが脇役として再登場します。

前作までを未読でも問題ありませんが、既刊本を手に取って頂けると、少しだけ彩り豊かに本書を楽しんで頂けるかもしれません。

また、本作を含めて四冊とも独立した物語ですので、シリーズ物という意識も希薄なのですが、装画も統一して頂いておりますし、この舞原家を主軸とする一連の物語に名前を付けるなら、『花鳥風月《かちょうふうげつ》シリーズ』と呼んで頂けると嬉しいです。

どうしても述べておきたい謝辞を最後に。

『蒼空時雨《あおぞらしぐれ》』『初恋彗星《はつこいすいせい》』『永遠虹路《えいえんこうろ》』に引き続き、装画を担当して下さったワカマツカオリ様。打ち上げでワカマツさんのお話を聞いていなければ、本書は生まれていません。

この一年、自分が想像していたより、随分と多くの方に手に取って頂けているという印象なのですが、正直、美しい装画の力だと思っています。いつも素敵なイラストレーションで物語を彩って下さり、本当にありがとうございます。

担当編集の三木《みき》一馬《かずま》さん。歩調が遅く、成長もしない新人ですが、どのお仕事にも全力で取り組まれている姿に、いつも励まされております。これからも、よろしくお願い致します。

『一期一会』という言葉が近頃、胸に染みます。

こんな新人ですので、次の本を出版出来るか、いつも不安なのですが、幸いにも描いた物語を楽しんで下さる皆様のお陰で、まだ書いても良いようです。

来月発売の短編集にも参加させて頂きました。

『19―ナインティーン―』というメディアワークス文庫の創刊一周年を記念したアンソロジー本で、初めての短編となります。長編とは一味違った作風になっていますので、ぜひ、そちらも手に取って頂けると嬉しいです。

それでは、あなたと別の書籍で、もう一度、会えることを祈りながら。

前作のあとがきのお返事になりますが、僕は三木さんの犬です。

綾崎　隼

追記

作中で結城真奈《ゆうきまな》が読んでいた文庫本が、巻末の広告に掲載されています。
全三巻の素敵な物語です。

綾崎　隼

著作リスト

蒼空時雨（メディアワークス文庫）
初恋彗星（同）
永遠虹路（同）
吐息雪色（同）

メディアワークス文庫

吐《と》息《いき》雪《ゆき》色《いろ》

綾《あや》崎《さき》 隼《しゅん》

発行 2010年11月25日 初版発行

発行者 髙野 潔
発行所 株式会社アスキー・メディアワークス
〒160-8326 東京都新宿区西新宿4-34-7
電話03-6866-7311（編集）
発売元 株式会社角川グループパブリッシング
〒102-8177 東京都千代田区富士見2-13-3
電話03-3238-8605（営業）
装丁者 渡辺宏一（有限会社ニイナナニイゴオ）
印刷・製本 加藤製版印刷株式会社

Printed in Japan
ISBN978-4-04-870053-5 C0193

アスキー・メディアワークス http://asciimw.jp/
メディアワークス文庫 http://mwbunko.com/

本書に対するご意見、ご感想をお寄せください。

あて先
〒160-8326 東京都新宿区西新宿4-34-7 株式会社アスキー・メディアワークス
メディアワークス文庫編集部
「綾崎 隼先生」係

メディアワークス文庫

偶然の「雨宿り」から始まる青春群像ストーリー。
ある夜、舞原零央はアパートの前で倒れていた女、
譲原紗矢を助ける。
帰る場所がないと語る彼女は居候を始め、
次第に猜疑心に満ちた零央の心を解いていった。
やがて零央が紗矢に惹かれ始めた頃、
彼女は黙していた秘密を語り始める。
その内容に驚く零央だったが、しかし、彼にも重大な秘密があって……。
第16回電撃小説大賞《選考委員奨励賞》受賞作
蒼空時雨
綾崎隼
定価 599円

発行●アスキー・メディアワークス あ-3-1 ISBN978-4-04-868290-9

メディアワークス文庫

第16回電撃小説大賞〈選考委員奨励賞〉受賞作！

わたしはこの店で、
あなたの帰りを
待っています――。

空の彼方

著●菱田愛日　イラスト●菜花

空の彼方
菱田愛日
メディアワークス文庫

王都レーギスの中心部からはずれた小さな路地に隠れるようにある防具屋「シャイニーテラス」。陽の光が差し込まない店内に佇む女主人ソラは、店を訪れる客と必ずある約束をかわす。それは、生きて帰り、旅の出来事を彼女に語るというもの。店から出ることの出来ないソラは、旅人たちの帰りを待つことで彼らと共に世界を旅し、戻らぬ幼なじみを捜していた。

ある日、自由を求め貴族の身分を捨てた青年アルが店を訪れる。彼との出会いが、止まっていたソラの時間を動かすことになり――？

これは、不思議な防具屋を舞台にした心洗われるファンタジー。

定価／599円　※定価は税込(5%)です。

発行●アスキー・メディアワークス　ひ-1-1　ISBN978-4-04-868289-3

メディアワークス文庫

第16回電撃小説大賞〈選考委員奨励賞〉受賞作第2弾！

空の彼方2

著●菱田愛日　イラスト●菜花

定価／620円　※定価は税込(5%)です。

旅人たちの帰りを待つ、防具屋「シャイニーテラス」の女主人ソラ。自由を求め、身分を捨てた元貴族の傭兵アルフォンス。二人の距離は、ゆっくりとではあるが縮まりつつあった。

そんな冬のある日、アルフォンスのもとに元貴族という立場を利用しなければならない任務が舞い込む。迷う彼の背中を押したソラだったが、アルがその任務先で危機に陥ったことを知る。ソラは店を訪れる人々と協力し、アルを救おうとするのだが——!?

不思議な防具屋を舞台にした心洗われるファンタジー第二弾。

発行●アスキー・メディアワークス　ひ-1-2　ISBN978-4-04-868611-2

発行●アスキー・メディアワークス　ひ-1-3　ISBN978-4-04-870044-3

メディアワークス文庫

不思議系上司の攻略法

著●水沢あきと　イラスト●双

梶原健二はしがないSE。その日も土曜日にも関わらず取引先に呼び出されていた。仕事が一段落した後、連れて行かれたのはよりによってメイド喫茶。しかし、健二はそこで「カヨ」と呼ばれるメイドと出会い、その献身さに一時の癒しを得たのだった……。

そして月曜日。グループ企業から派遣された年下の女性が健二たちのチームの上長として着任。露骨に煙たがる同僚たちをよそに、健二はまったく別の衝撃を受けていた。

その女性はメイドの「カヨ」に良く似ていて……!?

新感覚オフィスラブストーリー！

定価／599円　※定価は税込(5%)です。

発行●アスキー・メディアワークス　み-2-1　ISBN978-4-04-870153-2

メディアワークス文庫

「こうして言葉にしてみると……すごく陳腐だ。おかしいよね。笑っていいよ」
「笑わないよ。笑っていいことじゃないだろう」……
あなたがそう言ってくれたから、私はここにいる──あなたのそばは、呼吸がしやすい。ここにいれば、私は安らかだった。だから私は、あなたのために絵を描こう。

これは切なく哀しい、

プシュケの涙

柴村 仁

不恰好な恋の物語。

夏休み、一人の少女が校舎の四階から飛び降りて自殺した。彼女はなぜそんなことをしたのか？　その謎を探るため、二人の少年が動き始めた。一人は、飛び降りるまさにその瞬間を目撃した榎戸川。うまくいかないことばかりで鬱々としてる受験生。もう一人は“変人”由良。何を考えているかよく分からない……そんな二人が導き出した真実は、残酷なまでに切なく、身を滅ぼすほどに愛しい。

発行●アスキー・メディアワークス　し-3-1　ISBN978-4-04-868385-2

メディアワークス文庫

『プシュケの涙』に続く

絶望的な恋をしているのかもしれない。私がやってること、全部、無駄な足掻きなのかもしれない。
——それでも私は、あなたが欲しい。

美大生の春川は、気鋭のアーティスト・布施正道を追って、寂れた海辺の町を訪れた。しかし、そこにいたのは同じ美大に通う“噂の”由良だった。彼もまた布施正道に会いに来たというが……。

『プシュケの涙』に続く、不器用な人たちの不恰好な恋の物語。

ハイドラの告白

柴村 仁

不恰好な恋の物語。

発行●アスキー・メディアワークス　し-3-2　ISBN978-4-04-868465-1

メディアワークス文庫

お茶が運ばれてくるまでに

文・時雨沢恵一　絵・黒星紅白

ISBN978-4-04-868286-2

あなたはイスに座って、ウェイターが注文を取りにきました。
あなたは一番好きなお茶を頼んで、
そして、この本を開きました。
お茶が運ばれてくるまでの、本のひとときーー。

し-1-1
0009

ガーデン・ロスト

紅玉いづき

ISBN978-4-04-868288-6

誰にでも優しいお人好しのエカ、漫画のキャラや俳優をダーリンと呼ぶマル、男装が似合いそうなオズ、毒舌家でどこか大人びているシバ。女子高校生4人が過ごす青春の切ない一瞬を、四季の流れとともにリアルに切り取っていく。

こ-2-1
0011

探偵・日暮旅人の探し物

山口幸三郎

ISBN978-4-04-868930-4

保育園で働く陽子が出会ったのは、名字の違う不思議な親子。父親の旅人はどう見ても二十歳そこそこで、探し物専門の探偵事務所を営んでいたーー。これは、目に見えないモノを視る力を持った探偵・日暮旅人の、『愛』を探す物語。

や-2-1
0053

六百六十円の事情

入間人間

ISBN978-4-04-868583-2

ダメ彼女×しっかり彼氏、ダメ彼氏×しっかり彼女、ダメ彼女×ダメ彼氏……性格が両極端な男女を描く4通りの恋愛物語が、ひとつの〝糸〟で結ばれる。その〝糸〟とは……「カツ丼作れますか」？　入間人間が贈る、日常系青春群像ストーリー。

い-1-3
0031

バカが全裸でやってくる

入間人間

ISBN978-4-04-868819-2

バカが全裸でやってくる。大学の新歓コンパに、バカが全裸でやってきた。これが僕の夢を叶えるきっかけになるなんて、誰が想像できた？　バカが全裸でやってきたんだ。現実は、僕の夢である『小説家』が描く物語よりも、奇妙だった。

い-1-4
0043